FANFAN

DU MÊME AUTEUR

Aux Éditions Gallimard

BILLE EN TÊTE (prix du Premier Roman 1986).
LE ZÈBRE (prix Fémina 1988).

Dans la collection Folio

BILLE EN TÊTE.

ALEXANDRE JARDIN

FANFAN

Roman

FLAMMARION

© Flammarion, 1990.
ISBN : 2-08-066442-5
Imprimé en France

A mes pères :

Pascal Jardin
Pierre Caro
Jacques Santi
Claude Sautet

Les commencements ont des charmes
inexprimables.

MOLIÈRE *(Dom Juan)*.

I

Depuis que je suis en âge d'aimer, je rêve de faire la cour à une femme sans jamais céder aux appels de mes sens. J'aurais tant voulu rencontrer une jeune fille vertueuse qui m'eût à la fois adoré et obligé à contenir ma passion. Hélas, les femmes de ce siècle ont oublié l'art de faire piaffer les désirs. Il me fallut donc, au cours de mon adolescence, apprendre à me brider moi-même.

Plutôt que de basculer hâtivement les filles, je m'appliquais à distiller le trouble dans leur cœur et à les amener dans la passion à petits pas. Je dépensais alors tout mon esprit pour les bien courtiser.

Peu à peu, retarder mes aveux devint un pli naturel. Vers seize ans, je ne réussissais à museler ma concupiscence que pendant quelques semaines ; puis, lorsque j'étais près de succomber, je prenais généralement mes distances. Mais dans ma dix-huitième année il m'arriva de me soustraire aux exigences de mes reins pendant presque six mois. Je m'exaltais dans des amours platoniques et me plaisais à donner à mes sentiments un tour séraphique. Plus une femme parlait à mon imagination, plus je m'astreignais à mettre mes ardeurs comme à la porte de moi-même. Séduire sans fléchir fut ma religion, mon sport d'élection, le double verbe qui animait mon existence.

Retenir mes élans me procurait tant d'extases que je ne voyais d'épanouissement véritable que dans l'incomplétude, dans une frustration porteuse d'espérance. Je rêvais d'une relation asymptotique où ma trajectoire et celle de ma bien-aimée se seraient dirigées l'une vers l'autre sans nous mener dans le même lit. Alors j'aurais été titulaire d'une passion perpétuelle.

La bizarrerie de mes aspirations et de ma conduite, qui m'apparaît à présent, étonnera moins lorsque j'aurai dit de quel homme ma famille est issue. Ce personnage à la destinée extraordinaire inspire depuis trois siècles à ceux qui ont hérité de son nom de singuliers comportements.

Je m'appelle Alexandre Crusoé.

Robinson est mon ancêtre. Le roman tiré de son aventure ne rapporte pas qu'avant d'échouer sur son île il eut de Mary, sa jeune épouse, un fils qui répondait au nom de William Crusoé, garçon par qui passe notre lignée devenue française au XIXᵉ siècle ; mais cette information fut soigneusement consignée dans les annales de ma famille, ainsi qu'une quantité d'anecdotes concernant Robinson qui ne furent jamais livrées au public et que recèlent les archives détenues par l'un de mes grands-oncles *.

Ce patronyme fut cause de l'ostracisme dans lequel je vécus ma scolarité. Prompts aux railleries, mes camarades de classe ne pouvaient se résoudre à ce que mon ascendance fût aussi fabuleuse. Leurs moqueries ne firent qu'aviver ma fierté de posséder quelques gouttes du sang de Robinson Crusoé dans mes artères. Dès lors je me sentis différent et comme appelé à vivre hors des normes.

Tous les Crusoé entendirent cette voix au fond d'eux-mêmes, à un moment ou à un autre. Je sais que mon père, Pascal Crusoé, et mon grand-père, Jean Crusoé, eurent assez jeunes, eux aussi, l'envie d'exister pour dix, à l'écart des chemins déjà tracés. Mes frères ont également l'intention de dépasser toutes les bornes.

Mon enfance fut enviée par la plupart de mes camarades. Tous raffolaient des week-ends qui avaient lieu à Verdelot, un ancien prieuré situé à une centaine de kilomètres de Paris. Le nom que nous lui avions donné était celui du village. Mes parents s'y retrouvaient le samedi et le dimanche, après une semaine de séparation volontaire. Ils y venaient avec de nombreux « amis » et « amies » qui, au fil des ans, avaient fini par former une étrange famille. Beaucoup étaient célèbres, presque tous le deviendraient. Là-bas, mon père fabriquait dans son atelier des objets follement

* Frédéric Crusoé.

15

inutiles. Les adultes racontaient des histoires fascinantes, construisaient des meubles insensés, jouaient au poker et cuisinaient tous ensemble. Les hommes vénéraient ma mère qui était d'une beauté exorbitante et, je le devinais, luttaient pour s'assurer le monopole de ses sentiments. Je subodorais que c'était pour elle qu'ils écrivaient des romans, que certains mouraient, que d'autres tournaient des films, volaient ou dissipaient des fortunes – et je ne force pas le trait –, mais je me gardais bien de m'appesantir sur ces intuitions. Je me contentais de jouir de la trépidation amusante que suscitait cette compétition entre hommes de grande qualité.

Mon père subjuguait ce petit monde. Il conduisait son existence comme si chaque minute devait être la dernière et transformait en fête chacun de ces week-ends. Il nous réveillait souvent, moi et mes amis, au milieu de la nuit pour nous associer à ses farces téléphoniques. Sa victime favorite était le ministre de l'Intérieur, que nous appelions régulièrement sur sa ligne privée à trois heures du matin en nous faisant passer pour sa grand-mère. Mes copains rigolaient. Puis, jouant l'inquiet, papa barricadait la maison pour nous protéger d'éventuelles représailles des forces de l'ordre. Nous remplissions de cartouches une vieille Winchester et tirions quelques coups de feu par les fenêtres pour signifier à l'assaillant imaginaire que nous étions armés. Ma mère surgissait, tançait mon père et nous renvoyait au lit. C'était la vraie vie.

Parfois, l'un de mes camarades me demandait :
— Mais... ça marche comment chez toi ? Pierre, c'est qui ?
— Pierre c'est Pierre, répondais-je.
— Et Jacques ?
— Jacques c'est Jacques.
— Ah...

J'évitais de me poser des questions et pensais avec satisfaction que Verdelot rassemblait des gens formidables puisque mes amis préféraient passer le week-end dans ma drôle de famille plutôt que de croupir dans la leur.

J'avais treize ans lorsque mon point de vue s'inversa en dix secondes. J'avais préparé un petit déjeuner et m'étais appliqué à tracer avec de la crème Chantilly un « Bonne Fête des Mères » sur une pâtisserie que j'avais réalisée moi-même. Je me dirigeai vers la chambre de ma mère avec le plateau pour lui faire une surprise. J'ouvris discrètement la porte et m'apprêtai à lancer un joyeux « bonne fête, maman ! » quand j'aperçus un homme sur elle. Ce n'était pas mon père et il n'était pas tombé sur le lit par mégarde.

Je vis alors l'envers de Verdelot. J'avais soudain toutes les réponses sans que les questions fussent nécessaires. Depuis ce matin-là, je n'ai cessé de regarder mon sexe comme l'ennemi de mon repos. Je ne suis plus retourné à Verdelot que contraint.

Les propos que mon père me tint par la suite sur son métier achevèrent de m'écarter de cet endroit. Ne sachant rien faire d'ennuyeux, il était devenu écrivain-scénariste et prétendait nourrir ses écrits des sensations extrêmes que lui procuraient ses aventures romanesques. Ses maîtresses étaient les femmes qu'il invitait à Verdelot. A quoi jouait-il avec ma mère ? Je veux l'ignorer. Sa méthode était sans doute excellente pour stimuler son imagination, mais ses turpitudes m'effrayaient ; et ce sentiment prit une couleur morbide quand j'atteignis quinze ans. Cette année-là, un cancer faillit l'envoyer au cimetière. Ce que je prenais pour du libertinage devint à mes yeux synonyme de risque mortel. Confusément, il me semblait que ses désordres n'étaient pas étrangers à son mal.

Dès ma puberté, je m'efforçai donc de me protéger de mes instincts en apprenant à faire une cour que j'espérais sans fin aux filles que j'aimais. Mes esprits animaux m'inquiétaient d'autant plus qu'ils étaient véhéments. J'avais du mal à calmer mon désir d'accaparer tout l'amour des femmes. J'étais friand de ces tressaillements qui tourmentent la sensibilité pendant ces moments où l'on hésite à se livrer, où l'on redoute d'être éconduit. Lorsque j'étais amoureux, je me sentais comme dispensé des insignifiances qui composent l'essentiel du quotidien.

La plupart des filles que je courtisais se lassaient vite de ma retenue. Certaines doutaient de mon hétérosexualité. D'autres me supposaient impuissant. Pas plus que moi, elles ne soupçonnaient les causes de la secrète angoisse qui m'étreignait

18

lorsque je me trouvais en situation de franchir le pas.

Mais je subissais malheureusement les sens de mon âge et de mon sexe ; parfois je me soumettais donc à leurs exigences. Ces concessions me paniquaient. Terrorisé à l'idée que l'inconstance de mes parents ait pu bouturer en moi, j'annonçais invariablement à mes amantes de seize ou dix-sept ans que j'avais l'intention de les mettre à mon nom, de leur faire des petits sous peu et de les claquemurer bientôt dans un logis entouré de palissades. Toutes se carapataient avec une vélocité incroyable.

Cependant, à dix-neuf ans, je rencontrai à Sciences-Po une étudiante en tailleur éprise d'engagement. Après quelques mois d'une cour méthodique – le temps de constituer des souvenirs – j'embrassai Laure de Chantebise et résolus de m'ensevelir dans notre amour jusqu'à la mort. Cette perspective comblait ses aspirations de jeune femme.

J'étais entré à Sciences-Po après avoir longtemps hésité entre cette voie rassurante et une autre plus hasardeuse : le théâtre. Je rêvais d'écrire des pièces et de les interpréter. Mais j'appréhendais de me lancer dans une aventure artistique. A Verdelot, tout le monde écrivait, mettait en scène ou jouait la comédie. Et puis la politique me tentait et j'espérais vaguement dénicher à Sciences-Po une fille sérieuse et charmante qui me sortirait de mon milieu.

Laure de Chantebise répondait à mes attentes. Elle était le rameau d'un arbre généalogique très fourni en frères, sœurs, cousins et autres bourgeons. Chez elle le divorce n'était pas la suite logique du mariage. Quand un Chantebise jurait fidélité à l'église, il était sincère. Son clan ne souriait d'ailleurs pas lorsqu'on évoquait la pérennité de certaines valeurs.

Laure était enjouée et animée par des désirs simples qui me reposaient : posséder une belle maison et engendrer une grande famille qui ne ressemblât pas à celle de Verdelot. A l'écouter, le bonheur tranquille me semblait plein d'attraits. Elle me montrait chaque jour qu'un certain conformisme n'est pas sans confort et qu'il est possible de bien vivre en menant une existence ordinaire et régulière. Je découvrais avec elle que les gens heureux ont une histoire faite de moments exquis et de soirées agréables. Ses appas et sa tournure de fille habituée à fréquenter les cours de danse classique me grisaient; et puis, j'aimais sa nature fraîche et son rire contagieux. Une seule chose me chagrinait vraiment : elle supportait mal de me voir abandonner mon masque de garçon sage et solide. Mes manifestations de sincérité l'inquiétaient. Nous discutions de tout sauf de nos états d'âme.

Mais j'étais sûr avec elle d'échapper au déterminisme de mon sang. Qu'elle crût au couple m'aiderait à y croire davantage et à effacer toute légèreté en moi. Pour mieux verrouiller mon nouveau personnage, je devins un apôtre de la fidélité. Nous nous installâmes à Paris dans un studio qui jouxtait l'appartement de ma mère et projetâmes de nous enchaîner légalement l'été suivant.

Mon père moquait mon goût pour les sentiments indéfectibles et me rappelait souvent, avec un regard par lequel il me narguait, que j'étais son fils et que je n'échapperais pas aux gènes qu'il m'avait légués. Quand il m'irritait trop, je lui jetais à la figure qu'il était fini, que j'avais détourné dans mes veines toute la sève de notre famille, tout l'héritage de Robinson Crusoé.

Ma mère était moins franche; mais ses remarques ne manquaient pas d'éloquence. Il lui arrivait de temps à autre de s'adresser à Laure en faisant précéder la phrase principale de subordonnées telles que « si Alexandre te quitte » ou « si un jour tu trompes Alexandre », ne mettant le « si » que pour ne pas me heurter et l'articulant avec une nuance qui lui ôtait tout sens conditionnel. En dépit de sa bonne volonté, elle ne concevait pas qu'une passion pût se soutenir tout au long d'une existence.

Moi si.

Je voulais désespérément croire en l'éternité des mouvements du cœur, au triomphe de l'amour sur les atteintes du temps. Il y avait en moi un jeune homme romantique qui aurait souhaité n'éprouver que des sentiments inusables, un jeune homme qui vomissait les mœurs de ses parents.

Voila pourquoi à dix-neuf ans je m'étais juré de ne jamais regarder qu'une seule femme. Laure avait su me séduire à ce moment-là. Ce serait donc elle mon épouse, jusqu'à ce que mort s'ensuive; et au diable mes instincts.

Je fréquentais à l'époque un petit hôtel de la côte normande tenu par mon mentor, Monsieur Ti, un vieillard insolite.

N'ayant jamais eu d'enfant, Monsieur Ti n'avait légué à personne ses oreilles de chauve-souris, mais il entendait se continuer par l'esprit en façonnant le mien. A quatre-vingt-un ans il avait épousé, quelques années auparavant, une veuve plus âgée que lui. Elle s'appelait Maude.

Je venais voir ces tourtereaux un week-end sur deux depuis bientôt huit mois, pour me frotter à leur gaieté et apprendre à raisonner. L'un comme l'autre avaient la passion des idées. Mais loin de singer les philosophes, ils mettaient leur intelligence au service du rire en ourdissant des canulars et des surprises où la raison se perdait. Monsieur Ti et Maude qui s'aimaient – je crois qu'elle était encore pour lui une femme – étaient persuadés que seuls les fous rires complices retardent le déclin de la passion.

Ils m'étaient une famille stable, celle que je

n'avais pas connue, et je leur étais un fils, celui qu'ils n'auraient jamais en dépit de leurs ardeurs tardives.

Arrivé après minuit au volant de la voiture de mon père, un vendredi soir, je trouvai l'hôtel assoupi et contournai le bâtiment principal. La clef, cachée sous une tuile, me permit d'entrer dans la cuisine. Comme à mon habitude, je refermai la porte à double tour derrière moi. Sur la table de la cuisine, une feuille volante laissée par Maude m'informa que la chambre sept était libre. Affamé, j'ouvris le réfrigérateur et commençai à faire un sort à une terrine de canard, lorsqu'un bruit ténu retint mon attention. Le calme de la nuit semblait amplifier ce son minuscule.

Je posai mon couteau et me rendis dans le vestibule obscur quand une lucarne s'entrebâilla. Un cambrioleur frêle et silencieux se faufila par la fenêtre avec agilité. Inquiet, je me dissimulai derrière le meuble de la réception. L'ombre posa un sac à dos sur le carrelage et se coula vers la cuisine éclairée.

Je m'approchai : l'intrus avait des seins. A regarder cette jeune fille vêtue comme une auto-stoppeuse, j'éprouvai un frisson semblable à la commotion qui saisit à l'aspect d'un chef-d'œuvre. La timidité me paralysait. Aucune imperfection ne la gâtait et la lumière lui donnait en ce moment un éclat que je n'avais jamais vu à une autre.

Elle portait dix-huit ans. J'appris plus tard qu'elle en avait vingt. Sa physionomie se distinguait par une grâce solide, éclatante de vigueur, qui n'existe qu'avec la jeunesse. Elle ressemblait à mes rêves mieux que toutes celles qui les avaient suscités. Jamais je n'étais parvenu à me figurer une fille capable de produire autant de désirs. Mon imagination n'avait rien à lui prêter qu'elle n'eût déjà.

– Qu'est-ce que vous faites là ? lui lançai-je d'une voix mal assurée en m'avançant dans la lumière.

– Et vous ? me rétorqua-t-elle.

Profitant de ma surprise, elle poursuivit sur un ton accusateur :

– Vous savez que les clients ne sont pas censés faire des descentes dans la cuisine.

– Non mais, qu'est-ce que vous foutez là ? répétai-je en me ressaisissant.

– Je suis chez moi, chez ma grand-mère.

– Mais... pourquoi êtes-vous passée par la lucarne, comme une voleuse ?

– Je fais ça depuis mon enfance. Je passe par là quand je ne préviens pas que j'arrive.

Elle était donc la petite-fille de Maude.

– Qui me dit que ce n'est pas vous le cambrioleur ? reprit-elle avec malice.

Je lui fis entrevoir que Monsieur Ti était pour moi une manière de père spirituel et que je venais régulièrement à l'hôtel depuis huit mois pour m'imprégner de lui. Elle se présenta sous le surnom de Fanfan et me laissa entendre que le vieux Ti était également pour elle comme un grand-père.

25

Nous étions aussi stupéfaits l'un que l'autre. Le silence de Ti sur nos personnes nous rendait perplexes; mais nous ne cherchions pas à l'élucider. Il avait dû vouloir retarder ce qui était en train de se produire.

Fanfan avait un front diaphane et un teint transparent qui lui interdisaient de dissimuler ses sentiments; et je voyais bien que ceux qui naissaient sur son visage ne m'étaient pas contraires.

Tout de suite, une exquise ambiguïté s'était insinuée dans notre conversation à laquelle elle semblait prendre un plaisir qui n'avait rien d'innocent. Dans ces circonstances inattendues, au milieu de la nuit, notre rencontre tenait du merveilleux.

Nous parlâmes de notre affection commune pour Monsieur Ti sans être étonnés d'un accord qui paraissait avoir toujours existé entre nous. Sa grâce et la rondeur de ses formes m'ensorcelaient. Je croisais enfin l'un de ces êtres de lumière qu'on n'aperçoit que dans les romans. Que peut-on ressentir quand on frôle une fille pareille? Cette interrogation me taraudait. Un contact avec elle aurait sans doute provoqué un éclair.

Mais j'avais surtout la sensation diffuse d'être en train de découvrir celle qui saurait m'obliger à devenir moi-même. Je retrouvais en elle l'humour et l'originalité de pensée qui me fascinaient chez Monsieur Ti; et puis, elle était toute la spontanéité que j'avais perdue à treize ans à Verdelot.

Dans la cuisine, nos rapports se maintinrent à

une température modérée. Sa séduction me paniquait. Je détestais qu'elle vînt troubler la quiétude dans laquelle je m'étais enfermée avec Laure. Mon aversion pour l'Alexandre inconstant qu'elle réveillait en moi était totale. Je ne voulais à aucun prix me laisser guider par les chromosomes de mes parents. Avec le secours de ma volonté, je réussis à me composer un visage calme.

Quand nos paupières devinrent lourdes, vers trois heures du matin, la question des chambres se posa. Seule la clef du numéro sept restait au tableau de la réception.

D'une voix qu'elle voulut naturelle, et en prenant un certain air faussement dégagé, Fanfan me proposa de partager la chambre. Elle disait n'y voir aucun inconvénient puisqu'il y avait deux lits. « Nous ne sommes pas des bêtes », me lança-t-elle en feignant une candeur qui m'affola.

Mais cette nuit-là j'étais une bête, un animal libidineux, lorsque dans la chambre sept elle commença à se dévêtir avec une sensualité qui lui faisait mettre de la lenteur dans chacun de ses mouvements. Malgré moi, je me délectais de son image en l'examinant discrètement. Elle dégagea sa chevelure, l'ébouriffa et, dans ce geste, les manches de son chemisier glissèrent sur ses bras, dévoilant sa chair dorée qui irradiait un trop-plein de soleil.

Cependant, l'accumulation de tant de grâces sur sa personne était à mes yeux un motif pour éteindre ma flamme. Mon sang-froid étonnera peut-être; mais songez que j'avais alors plusieurs années de maîtrise de mes instincts derrière moi et que, au cours de mon adolescence, censurer mes élans m'était devenu comme un réflexe. Et puis j'avais peur de tromper Laure.

Caresser Fanfan du regard me semblait déjà beaucoup. Allongé à moins d'un mètre de ce vivant chef-d'œuvre, je jouissais de sa présence en demeurant immobile sous mes couvertures.

Cette nuit-là, les yeux ouverts dans l'obscurité, guettant les moindres soupirs de Fanfan qui devait me supposer homosexuel, je fus gagné par cette fièvre paludéenne qui naît de l'ajournement des ébats lorsqu'on est sur le point de consommer. J'agonisais de concupiscence en m'emplissant le cœur de projections mentales qui n'auraient pas toutes ravi l'évêque de mon diocèse.

J'ignorais encore jusqu'où peut mener le tam-tam sourd du désir.

Au matin, Fanfan avait disparu. Ses vêtements de la veille gisaient épars sur son lit défait. Je ne pus me retenir de humer son chemisier. Les fibres du coton conservaient l'odeur de sa peau.

Je m'aperçus que son lit était encore tiède. Elle venait probablement de partir. Je fermai la porte à clef et, dans un état second, me coulai entre ses draps, dans sa chaleur. Les parfums de nos épidermes se mêlaient. J'éprouvai alors le plaisir de coucher presque avec elle sans m'écarter de la voie que je m'étais imposée.

Je ne quittai le lit que lorsque les émanations de Fanfan se furent dissipées. J'étais de nouveau seul.

En sortant de la chambre, je saluai un client de l'hôtel aux airs de salsifis qui descendait à la salle à manger, et me rendis à la cuisine.

Fanfan et Monsieur Ti étaient attablés devant des bols de café, occupés à découper des statistiques dans un journal pour les brûler ensuite à la flamme d'une allumette. Tous deux m'expliquèrent avec gaieté qu'ils haïssaient les probabilités, cette façon de corseter notre destinée dans des chiffres. Fanfan entendait se soustraire aux lois des grands nombres. Elle se rêvait unique.

Elle me proposa du café et attisa mes sentiments par un sourire; puis, au fil de la discussion, elle m'apprit qu'elle voulait être réalisatrice et mettre une majuscule à chacune des lettres de ce métier. Elle n'envisageait d'autre issue pour échapper à l'asphyxie du quotidien que de tourner des films dans lesquels la vie serait enfin fardée telle qu'elle devrait l'être : non pas en rose, mais avec des couleurs brûlantes.

Pressée d'en finir avec les atermoiements de l'adolescence, elle avait abandonné le lycée, sa famille et sa Normandie à dix-sept ans pour s'établir à Paris, afin de devenir metteur en scène dans les plus brefs délais.

— Il y avait des places à prendre, m'expliqua-t-elle, Truffaut était mort.

— Bien sûr, lui répondis-je, ahuri.

Fanfan s'exprimait avec une assurance si exempte d'effronterie ou de suffisance qu'elle aurait pu m'annoncer les choses les plus folles, je l'aurais crue. Il n'y avait aucune distance entre elle et ses propos. Un fat parlant au-dessus de lui-même m'aurait exaspéré. Fanfan, elle, me subjuguait.

Courant après sa pensée, elle avait une élocution si rapide qu'elle donnait l'impression de rétrécir les mots. Son énergie me faisait frissonner. Elle voyait des pentes quand il n'y avait que des côtes et je compris que je manquais singulièrement de volonté au regard de sa persévérance à bousculer les aléas de sa vie.

Huit jours après son départ, son père l'avait sommée de regagner le bercail, avait cessé de lui verser la moindre somme. Elle s'était arrangée, avait appris à vendre des photos à des agences. Et lorsque les producteurs dont elle avait forcé la porte l'avaient éconduite, elle avait pris sa caméra par les cornes. Sans attendre qui que ce fût, elle avait tourné tous ses films en Super 8 avec des moyens qui n'en étaient pas, en vendant ses photographies de mode. Cette source de revenus étant insuffisante, elle avait accumulé les ardoises dans les laboratoires, n'avait pas jugé indispensable de payer les comédiens. Ses techniciens se rémunéraient de leur fierté de travailler pour elle; de toute façon, les découverts bancaires de Fanfan étaient abyssaux. Mais à vingt ans, elle avait déjà réalisé cinq longs métrages, tous en Super 8.

– ... dont un western et deux films fantastiques, précisa-t-elle avec orgueil.

Pour le western, elle avait proposé au propriétaire d'une ville de cow-boys, reconstituée pour les enfants, de lui tourner un film publicitaire en échange duquel ce dernier lui avait prêté ses décors.

A l'écouter, l'Everest semblait un talus, les nœuds paraissaient destinés à être dénoués et l'argent n'était un problème que pour ceux à qui elle en devait. Fanfan n'avait pas peur de ses peurs. Son instinct de la liberté me fascinait et m'affolait. Devant elle, j'éprouvais l'envie de me délester moi aussi de mes craintes et de vivre enfin à plein régime. Mais cette aspiration m'inquiétait. Pourtant, Fanfan avait raison. Il faut oublier le conditionnel, aimait-elle répéter.

Elle était curieuse et gourmande de tout, avide de s'utiliser, dévorée par une impérieuse nécessité de réinventer le septième art. La vitalité jaillissait des pores de sa peau.

Mais son visage avait ses ombres, celles qui planent sur le front et qui pèsent sur le regard longtemps après l'enfance. Je sus par la suite que la sienne avait été obscurcie par la mort d'une petite sœur, noyée dans une marée montante. Fanfan avait retrouvé chez Maude et Ti une nouvelle joie d'exister. Elle taisait son désarroi et quelque chose de délicieusement étourdi en elle la sauvait de la gravité.

Ce matin-là, je tombai amoureux de ses défauts. Elle était menteuse mais ne mentait que pour embellir la réalité. Elle avait l'insolence qui fait rire. A la fois culottée, orgueilleuse et férocement jalouse de ceux qui réussissaient plus vite qu'elle, Fanfan échappait à tout ridicule en ne dissimulant aucun de ses travers. Voleuse, elle ne dérobait de l'argent ou du matériel que pour pratiquer son art. Fanfan était de ces êtres qui ne pèchent que gaiement et dont les mauvais penchants ont une grâce particulière. Libre par nature, elle osait être elle-même avec désinvolture.

Monsieur Ti se servit une nouvelle tasse de café et nous rapporta ses rêves de la nuit. Il prenait grand plaisir à champollionner chaque matin les symboles et les scènes énigmatiques que produisait son cerveau ensommeillé.

A son tour, Fanfan raconta un soi-disant songe :

– J'ai rêvé qu'un homme me draguait sans jamais m'avouer son amour et que de cette attente naissait une ferveur extraordinaire, commença-t-elle en me dévisageant.

Ses yeux semblaient me murmurer que ce rêve n'était pas un songe mais un souhait qui n'osait pas dire son nom. Plus elle le détaillait, plus cette impression virait à la certitude, plus je contractais malgré moi une violente passion pour cette fille qui formulait un désir en écho avec mon aspiration la plus chère : perpétuer continûment la saison qui précède les aveux, vivre un amour asymptotique.

Elle était celle que j'avais espérée depuis mes treize ans.

Laure venait de pâlir à mes yeux; mais mon besoin de stabilité demeurait intact.

A déjeuner, Fanfan s'en alla après l'entrée. Monsieur Ti m'expliqua que, friande de contacts, elle se dérobait rarement à une invitation. Fanfan acceptait donc souvent trois déjeuners le même jour et à la même heure. Sa crainte majeure était de ne vivre qu'une seule existence à la fois. Elle demandait à chaque journée qu'elle fût double ou triple.

Ti me révéla également l'origine du surnom de Fanfan qui, à l'état civil, était connue sous le nom de Françoise Sauvage. Elle devait ce sobriquet moins au bégaiement de la première syllabe de son prénom qu'à son espièglerie, à son esprit frondeur et à une paire de cuissardes noires qu'elle affectionnait, trois traits de Fanfan la Tulipe.

Et puis, il entrait dans ce surnom une répétition du nom du petit de la biche, animal qui n'était pas éloigné de son apparence.

Faonfaon... ce nom m'obsédait déjà.

Laure me téléphona après le déjeuner. Elle me raconta qu'elle avait joué un tour à l'une de ses amies la veille au soir. Elle s'était glissée en douce sous le lit de sa copine qui logeait dans un foyer pour étudiantes et avait attendu que cette dernière vînt se coucher ; puis, peu après qu'elle eut éteint sa lampe de chevet, Laure avait posé sa main sur le ventre de la fille.

Son amie avait bondi d'effroi et poussé un glapissement qui avait alerté tout l'étage. Laure en riait encore.

Puis elle me demanda comment j'allais.

– Bien, bien... répondis-je.

Elle me chuchota quelques mots d'amour et raccrocha.

J'étais presque contrarié que Laure eût un naturel facétieux. Sa gaieté et son charme ne me simplifiaient pas la vie. Si elle avait été sévère, adjudantesque et morose, il m'aurait été facile de la quitter pour Fanfan. Partager l'existence de Laure était comme faire une croisière divertissante sur une mer calme en compagnie d'une femme délicieuse.

Mais le vent venait de se lever.

Je passai l'après-midi seul sur la plage, plongé dans une méditation ardente. La suggestion voilée de Fanfan me travaillait.

Pour la première fois, une jeune fille me soufflait un désir identique à celui qui flottait en moi depuis des années.

J'étais tenté de réaliser le souhait de Fanfan. Cela me permettrait de conserver intact le capital de notre amour naissant et de ne pas faillir à ma résolution de demeurer fidèle à Laure jusqu'à la tombe. Il me faudrait alors mettre dans mon esprit un principe de retenue qui entraverait constamment mes élans et éviter que Fanfan n'acquît la certitude de mon affection.

Mais je savais ma volonté incertaine. Si je continuais de faire la cour à cette fille, ma détermination serait forcément frappée d'hésitations fatales. Comment contredire toujours les envies furieuses qui m'assailliraient lorsque je subirais le magnétisme de sa présence ?

Tôt ou tard — et peut-être plus tôt que je ne

37

l'imaginais –, je succomberais à la tentation de satisfaire mes sens.

Pourtant, surseoir continûment à mes aveux me chatouillait. Je comprenais ces adeptes de l'amour courtois qui, jadis, se vouaient à une seule et dont la virilité authentique était tout entière dans leur retenue. La maîtrise de leurs appétits charnels était la preuve même de la vivacité de leur attachement.

Le dessein que m'avait habilement suggéré Fanfan flattait mon goût pour le romanesque. Enfant, déjà, je me passionnais pour les personnages historiques qui surent donner à leur destinée des airs de fiction. Ma bibliothèque n'était composée que de biographies d'hommes d'État et de femmes de pouvoir que je rêvais de côtoyer sur les pages des manuels d'histoire. Le jour de mon entrée à Sciences-Po, je m'étais senti comme surveillé par l'œil de mon futur biographe. Deux mois après, je m'étais aperçu avec tristesse que ma conception de la politique était très littéraire et que cet établissement ne préparait qu'à des carrières et non à des trajectoires fabuleuses. Cette désillusion avait fortifié mon intention d'introduire du roman dans mon quotidien. Même si j'aspirais à une existence paisible avec Laure, j'avais besoin de voler ma part de ferveur.

Pour enfin rencontrer l'inouï, je ne voyais d'autre solution que de m'engager sur la voie ouverte par le faux rêve de Fanfan. Peut-être y avait-il quelque folie à vouloir retarder éternellement l'heure du plaisir. Mais la raison me paraissait singulièrement bornée auprès des sentiments. Les vertiges d'une passion inaltérable me tentaient.

Si je prenais cette décision, je ne songerais plus alors qu'à exacerber l'inclination que Fanfan semblait avoir pour moi et à prolonger ces moments prégnants qui précèdent la déclaration. Il fait si beau quand on attend encore la lettre libératrice et l'instant où on la décachète est plein de promesses que la vie a du mal à tenir, tant il est vrai que les perspectives de félicité sans fin relèvent du trompe-l'œil. J'avais beau être heureux avec Laure, je ne tremblais plus à l'idée de la retrouver comme à l'époque où je la courtisais.

Pourtant, je ne concevais pas de rejeter jour après jour ces poussées inconscientes qui balaient les meilleures résolutions. A vingt ans, les sens ont des velléités qu'on ne peut inlassablement réprimer.

Je jugeais plus prudent d'évacuer les lieux le lendemain matin, comme prévu, et de ne pas chercher à revoir cette fille qui était venue perturber mon petit monde bien réglé. Je haïssais Fanfan d'être aussi spontanée et de mener sa barque avec autant de désinvolture. Je l'aurais voulue moins belle, moins solaire, plus fausse. J'abhorrais le passionné qu'elle éveillait en moi. Non, je ne venais pas de Verdelot. J'étais sage, fidèle à Laure, assidu dans mes études, économe, sobre. Je préfé

rais oublier cette ambassadrice de toutes les liber-
tés, cette jeune femme qui considérait la vie
comme des grandes vacances.

Restaient une soirée et une nuit à passer sous le
même toit qu'elle.

Je retrouvai Fanfan à l'hôtel à la tombée de la nuit. Elle arriva moulée dans un ensemble de dentelles blanches qui soulignait la perfection de ses formes. Fanfan n'était pas de ces femmes tout en creux qui désespèrent la main. Elle possédait des modelés pleins et ronds, sans qu'on pût l'accuser de s'être laissé envahir par l'embonpoint.

Elle voulut nous faire découvrir les prises de vue de son dernier tournage. Occupée à monter le projecteur Super 8 sur un trépied, elle avait les gestes et l'expression mobile de la malice. Elle était le charme poussé à son comble mais sans l'assurance teintée de suffisance qui va souvent avec la beauté lorsqu'elle est surprenante. Les inflexions molles de sa taille me troublaient. La sourde envie de la posséder me minait. Je m'attachai à dissimuler mes regards qui l'enveloppaient avec avidité.

Maude et Monsieur Ti s'installèrent au premier rang, chacun dans un fauteuil, et moi derrière eux, sur un divan en rotin. Fanfan éteignit les lampes.

Des images terribles envahirent l'écran. La guerre venait de surgir dans la pièce. Au fond d'un camp retranché boueux et infesté de rats, une amitié touchante prenait forme entre deux soldats qui avaient dû naître au sud de l'Europe. Ce film était stupéfiant de vérité. Les comédiens traversaient les plans comme ils eussent traversé un authentique conflit, foulant des cadavres avec détachement. La qualité de la distribution frappait. Les arrière-plans étaient aussi soignés que les premiers. Il se dégageait une émotion saisissante de ces scènes. Ahuri par la puissance du récit, je me demandais comment Fanfan avait pu reconstituer de tels décors avec ses budgets squelettiques; quand elle ralluma la lumière.

– Et voilà ma surprise! lança-t-elle à la cantonade. Mais ce n'est qu'un premier montage. Attendez la suite, je change de bobine.

– Où as-tu tourné ça? marmonna Monsieur Ti.

– Sur le front de la guerre Iran-Irak, côté Irak, répondit-elle en manipulant les boîtes de pellicule.

– Mais... comment as-tu fait pour t'approcher du front?!

Elle me répliqua que tout se négocie, avec un haussement d'épaules. Je me figurai les ennuis qu'une femme avait dû rencontrer dans un pays musulman en guerre; mais, à l'entendre, les difficultés majeures avaient été de réadapter sans cesse le scénario au gré du mouvement des armées et d'éclairer convenablement le front.

– ... Vous n'imaginez pas les emmerdes que j'ai eus, lâcha-t-elle dans un soupir.

A court d'argent, Fanfan s'était convaincue qu'on ne peut bien filmer la guerre qu'en partageant les risques encourus par les combattants. Cependant, le reportage télévisé lui paraissait insuffisant. Filmer convenablement la guerre signifiait pour elle introduire dans la réalité le léger décalage de la fiction sans lequel on ment en croyant présenter les faits. Fanfan pensait que les poètes flirtent avec la vérité et que les géomètres ne sont qu'exacts.

Je conçois qu'on mette en doute la sincérité de mes propos, tant il semble improbable qu'une fille de vingt ans se soit faufilée, caméra en main et scénario sous le coude, sur le front d'un conflit aussi sanglant. Il est pourtant vrai que Fanfan tourna son film là-bas. Les bobines qu'elle avait rapportées le prouvaient et je n'aurais jamais osé imaginer quelque chose de si peu crédible. Fanfan était de ces femmes dont la séduction tient pour une part à leur destinée fabuleuse. Elle appartenait à la race des Mata-Hari, Alexandra David-Neel, Cléopâtre ou ma mère.

L'audace de cette fille, son engagement total dans son art et sa grâce rieuse, tout me plaisait chez elle.

A dîner, elle me confia de façon anodine qu'elle aimait redescendre dans la cuisine terminer les plats lorsque tout le monde était couché; et que son appétit se réveillait habituellement vers minuit.

Cette nuit-là, Maude nous avait trouvé à chacun une chambre. Un client – le salsifis – était parti.

L'allusion de Fanfan à ses mœurs alimentaires nocturnes m'avait tout l'air d'un appel.

Comme minuit approchait, seul dans ma chambre je ne découvris aucun roman capable de dissiper mon envie de rejoindre Fanfan. Mais l'autre moitié de moi-même ne cessait de me répéter que si par emportement je me déclarais, je pourrais dire adieu à l'ivresse de ces préludes; et ces instants où le désir est comme suspendu ne sont-ils pas le miel de l'amour? Puis j'étais effrayé à l'idée de tromper Laure. Verdelot me hantait toujours.

J'étais au supplice.

Finalement, je décidai de descendre la retrouver. Je devais être capable d'imposer silence à ma convoitise et de la grimer en simple sympathie. Après tout, je l'avais déjà fait des dizaines de fois avant de connaître Laure; mais que je fusse obligé de me le rappeler me troublait. Cependant j'y allai en me disant que cette occasion serait la dernière, puisque j'avais l'intention de quitter l'hôtel le lendemain matin et que j'étais résolu à ne pas revoir Fanfan.

Dans les escaliers – ah, l'exquis moment! – je me préparai l'esprit, adoptai un air détaché et mis un soupçon d'indifférence dans mon regard.

Je retins ma respiration et poussai la porte de la cuisine, près de défaillir. La pièce était vide. Amer, je me rendis à l'évidence : les pensées attribuées à Fanfan n'avaient jamais reflété que mes rêves.

Ces réflexions m'occupaient lorsque je m'aperçus qu'il y avait de la lumière dans le salon, attenant à la cuisine. Je m'approchai. Fanfan était là, mollement assise en tailleur sur un tapis, penchée sur un magazine, raclant machinalement un fond de gratin avec une fourchette. Elle n'était vêtue que d'un tee-shirt en coton fin et d'un short très court.

A son aspect, je sentis renaître en moi les convulsions de la lubricité. Mais, pour rester maître de mes facultés, je baissai les yeux et donnai de la fermeté à ma voix en lui lançant :

– Tiens, tu es là?

– Tu ne dormais pas? me demanda-t-elle, étonnée de mon apparition.

– J'ai dû boire trop de café.

La conversation s'engagea sur un ton qui me dérouta. Elle semblait ne pas être au courant du feu qu'elle allumait en moi. Je soupçonnai une manœuvre. La froideur de ses façons encourageait mes élans.

Peu à peu la température de nos propos s'éleva. Nous en vînmes je ne sais comment à évoquer nos conceptions de l'amour qui, providentiellement, étaient identiques. L'un comme l'autre, nous refusions la précarité des sentiments ordinaires et les affadissements de la passion. Nos deux âmes se mariaient dans un même rejet de la médiocrité. Les yeux captivés par ses seins libres sous son tee-shirt et par ses jambes nues, je palpitais; et je comprenais, d'après les inflexions de sa voix, que ma présence ne lui était plus aussi indifférente que dans les commencements de notre entretien vagabond. Elle posa même sur moi ces regards insistants par lesquels on entrouvre son cœur. Tout dans son attitude dénonçait la naissance d'une violente inclination.

Il y avait un si merveilleux accord entre nous que, tout à nos discours, nous ne vîmes pas le temps s'écouler. Insensiblement, elle se contint moins et parla avec abandon. Je connus l'envers de son personnage, les doutes que cachaient ses airs volontaires. Plus elle se livrait, plus il était évident que cette fille était bien la femme de ma vie. En sa présence, comme avec Monsieur Ti, je pouvais m'autoriser à être sincère. Ma gaieté feinte s'évanouissait. Je n'avais plus besoin d'en « faire trop » pour tenter de plaire. Ma spontanéité recouvrée l'enchantait. Je lui parlai de ma famille sans enjoliver les faits. La réalité me paraissait soudain suffisante. Laure, elle, n'avait jamais su me permettre d'être moi-même. En sa compagnie, je trichais comme avec tout le monde.

Vers deux heures du matin, Fanfan évoqua ses

inquiétudes professionnelles. L'attitude négative des producteurs à son endroit la blessait plus qu'elle n'osait le montrer.

Ému par son désarroi, je pressai presque involontairement sa main. Elle frissonna. Ce geste suspendit son souffle.

A ce moment, Monsieur Ti entra, sanglé dans sa robe de chambre. Son irruption dissipa brutalement notre intimité.

– Vous n'avez pas froid? dit-il. Le chauffage s'est encore arrêté.

Et il disparut dans la cave pour le rallumer.

Je m'avisai alors que si je ne me retirais pas séance tenante, Laure serait bientôt trompée. Cette perspective me paniqua. J'eus peur de retrouver dans les bras de Fanfan l'Alexandre Crusoé qui m'effrayait tant. L'idée du désordre me fit reculer. J'eus recours à ma montre, prétextai l'heure tardive et regagnai ma chambre en toute hâte.

Allongé sur mon lit, je me jurai de toujours éviter Fanfan.

Le week-end suivant, Laure me supplia de l'accompagner chez ses parents, à Orléans. Elle trouva les accents susceptibles de m'attirer et justifia son insistance par le fait que M. et Mme de Chantebise fêtaient samedi leurs vingt-cinq ans de non-divorce. L'idée d'avoir à me réjouir qu'ils aient « tenu » un quart de siècle dans le même lit me déprimait plutôt, mais je dus accepter ce déplacement. Je m'étais déjà soustrait à ces visites une dizaine de fois pour filer rejoindre Maude et Monsieur Ti. Récidiver, surtout en pareille occasion, m'aurait valu une fâcherie avec Laure.

L'existence atone et exempte de frissons que les parents Chantebise menaient n'était qu'une pâle contrefaçon du bonheur, mais ils s'estimaient heureux avec un contentement qui m'irritait. La rumeur disait d'eux qu'ils avaient découvert le secret des attachements inépuisables et leurs amis prenaient leur constance pour de la fidélité, alors qu'elle n'était que de l'immobilité.

Le père Chantebise faisait des concessions par

lesquelles beaucoup achètent la tranquillité dans leur ménage. Il laissait son épouse le gouverner, le gourmander lorsqu'il mettait deux sucres dans son café, lui choisir ses caleçons, lui imposer des cache-nez en hiver et régler l'accès des « étrangers » à leur gentilhommière de l'Orléanais. Il ne disait « non » à sa femme que lorsqu'elle désirait l'entendre, mais en général murmurait « oui » car il n'osait crier « la paix! ». Trop timoré pour vouloir quoi que ce fût devant elle – sinon un œuf à la coque au petit déjeuner – il se résignait à cette tyrannie avec des soupirs d'homme vaincu et, toujours pour économiser un affrontement avec son épouse, acceptait de porter chez lui des « vêtements d'intérieur », véritable panoplie du mari coupé, constituée d'un gilet tricoté, d'un pantalon mou et d'une paire de pantoufles vernies.

M. de Chantebise n'avait qu'un talent, celui de dissimuler qu'il était sot. Cet être nul, irrésolu et pusillanime se tenait habituellement dans une douce torpeur en affectant un air pensif afin de masquer son néant intérieur. Il parlait peu et citait beaucoup les grands auteurs, sans abuser cependant de cet artifice afin de ne pas franchir la frontière qui sépare l'homme cultivé du cuistre. Il craignait par-dessus tout de rester court devant l'imprévu. Le peu d'esprit qu'il possédait était entièrement employé dans les efforts qu'il dépensait pour se donner une apparence d'homme de réflexion. Avocat, il n'avait jamais plaidé. Bibliophile, il lisait avec parcimonie. Mari, il ne devait pas baiser souvent sa femme. C'est tout juste s'il ne faisait pas semblant d'exister.

Fidèle aux préceptes de ses ancêtres, il affichait un dédain total pour le travail, cultivait l'oisiveté et vivait de la rente que lui octroyait sa belle-mère.

Son épouse se vouait entièrement à l'entretien de la flamme domestique. Elle croyait se mettre en valeur par des mises de jeune fille, mais évitait le ridicule grâce à ses charmes qui n'étaient pas trop blets. Caustique, elle se départait rarement d'une sorte de distance ironique et ne craignait pas d'humilier son époux lorsqu'il se montrait trop niais.

Les Chantebise ressentaient pour eux-mêmes de la vénération. Qui n'avait pas de sang Chantebise dans le corps était à peine digne d'un regard. Ils ne recevaient leurs amis qu'en de rares circonstances. On se fréquentait surtout entre cousins. Les petites sœurs de Laure étaient les meilleures amies de leur mère. On m'admettait toutefois au titre de futur gendre.

Laure était la première à se gausser de sa famille. Elle voyait bien que son père et sa mère avaient asphyxié leur passion d'antan; mais elle ne tolérait pas une critique de ma part. Il suffisait d'une remarque ironique pour qu'elle prît leur défense.

Nous arrivâmes à Orléans pour déjeuner et passâmes à table sans transition, dans la salle à manger lambrissée de boiseries, chargée de dorures et de portraits d'aïeux qui, pour la plupart, avaient été occis sur les champs de bataille de l'Ancien Régime ou raccourcis pendant la Révolution. En plus des ancêtres emperruqués et figés dans leur cadre, il y avait là les trois petites sœurs de Laure, bien vivantes, une vieille tante voûtée qui se déplaçait à l'équerre et les parents Chantebise.

Le repas fut un calvaire. Cette famille était une province en province. On ne raconta que des anecdotes usées, des médisances de petit calibre sur de vagues cousins, des rumeurs délétères fondées sur des on-dit; puis on fêta sans joie les vingt-cinq années de train-train conjugal autour d'un gâteau mauve qu'il fallut trouver exquis.

Alors explosa un drame qui pimenta cette triste réunion. M. de Chantebise offrit à sa femme le même cadeau que deux ans auparavant, une pelle à tarte en argent. Il bredouilla quelque excuse sous les sarcasmes de son épouse, qui bientôt ne se contint plus :

– Maurice, vous avez un Spontex à la place du cerveau! s'écria-t-elle en risquant une métaphore qui passa au-dessus des implants de Maurice.

Ils voulurent ensuite rendre visite à « Madame Mère » – la mère de Mme de Chantebise – comme ils s'y obligeaient chaque samedi. Les procédures immuables qui corsetaient l'emploi du temps de cette famille m'exaspéraient; d'autant que la belle-mère était une garce de quatre-vingt-onze ans, toujours prompte à la condamnation ou au dithyrambe perfide. Elle aimait formuler de ces éloges qui sont des morsures cachées et lorsqu'elle complimentait vraiment quelqu'un, ce n'était que pour humilier une autre personne en établissant une comparaison défavorable à cette dernière. M. de Chantebise, sa cible de prédilection, se serait bien abstenu de la fréquenter ; mais sous la pression de sa femme, il allait avec autant de courage que de lâcheté lui présenter ses hommages chaque samedi depuis plus de vingt ans. L'épreuve du déjeuner m'avait suffi. Je n'avais nullement l'intention de baiser la main de cette vipère déguisée en vieille dame.

Laure me reprocha vivement de vouloir « faire mon indépendant ». Élevée au sein de cette tribu accoutumée aux mouvements grégaires, elle ne concevait pas qu'on pût s'écarter du sillage familial. L'idée de céder, moi aussi, aux injonctions de ma compagne et de finir par accepter d'être tenu en laisse comme mon futur beau-père m'épouvanta. Je pris mon sac et m'éclipsai tout uniment.

Le spectacle de cette famille confite en habitudes et de ce couple engourdi m'effrayait plus encore que les excès de mes parents. Sur le chemin de la gare, je compris avec inquiétude que, en dépit de mon aspiration à un certain conformisme, j'avais une nature passionnée et excessive que je ne pourrais contredire longtemps. Mon rêve d'une existence conjugale paisible reposait sur un malentendu. J'étais bien un Crusoé, même si mes chemins n'étaient pas ceux de mon père et de ma mère. Il me fallait satisfaire à la fois ma soif de vertiges et mon besoin d'une vie réglée.

Dans le train qui me ramenait vers Paris, je pris alors le parti le plus fou qu'un être sexué puisse prendre. Je décidai de revoir Fanfan, de me tenir toujours avec elle dans les simples termes de l'amitié et d'ajourner constamment l'instant de mes aveux. Cet arrêt que je portai sur moi-même m'exaltait. Il me garantissait que jamais mon ardeur pour Fanfan ne diminuerait, que jamais nous ne connaîtrions les platitudes de la vie de couple.

Mais, dans le même temps, j'entendais verrouiller mon union avec Laure. L'idée de rompre avec elle éveillait en moi des angoisses verdelotiennes. La continuité de notre liaison était nécessaire à mon équilibre; et puis, partager le quotidien de Laure n'avait rien de désagréable.

Séduire Fanfan sans fléchir devint ma maxime.

Ce livre est l'histoire de ce choix auquel je me suis cramponné. Chaque jour je dus me violenter pour ne pas faiblir. Je m'étais jeté dans un cercle de fer d'où je ne pouvais sortir sans mettre ma passion et ma stabilité affective en péril. Jamais il n'y eut dans ma vie tant de nuits sans sommeil. Fanfan était le nom de mon tourment. Je ne pouvais ni l'aimer librement ni en aimer une autre, ni me passer d'aimer.

Je ne révélerai pas dès à présent l'aboutissement de cette lutte intime, non point pour piquer la curiosité de mon lecteur ou de ma lectrice, mais parce qu'au terme de cette traversée du désir il arriva ce que je n'avais pas escompté. J'entrevis alors de grandes choses.

Taillé dans le même bois que Fanfan, Monsieur Ti était de ces êtres épris de liberté qui s'insurgent contre ce que le grand nombre juge inévitable.

La légende voulait qu'il n'eût jamais payé ses impôts. Je crois plutôt qu'il ne lâchait au fisc que de quoi le satisfaire temporairement ; et lorsque ce dernier se montrait trop avide, il condescendait à recevoir son percepteur avec cet air de supériorité qu'il ne savait pas effacer de son visage, en feignant d'être grabataire ; ou alors il tentait de disparaître en publiant l'avis de son décès dans la rubrique nécrologique du journal local.

Fidèle à ses idées, Monsieur Ti ne se résigna jamais à assurer sa voiture et son petit hôtel. Telle était sa philosophie : un homme libre ne s'assure pas. Peu importaient les conséquences éventuelles et les démêlés avec les autorités. Il ne transigeait pas sur sa dignité.

De même refusa-t-il toujours de reconnaître aux Parisiens le droit de maîtriser le temps. Il ne se conformait pas à l'oukase du gouvernement qui imposait une heure d'hiver et une heure d'été, toutes deux en avance sur la course du soleil. Il entendait se régler sur la nature et suivait l'heure solaire. Quand à Paris il était quatorze heures un 14 juillet, les pendules de son hôtel sonnaient midi ; et les clients devaient se soumettre aux horloges locales s'ils voulaient qu'on leur servît un repas chaud, même si le règlement se trouvait assoupli par une jurisprudence favorable aux habitués. Curieusement, cette apparente intransigeance facilitait les affaires de Ti et de Maude. Toute une clientèle descendait à l'hôtel du Globe pour vivre, quelques jours durant, en accord avec la nature.

Monsieur Ti ne dérogea qu'une seule fois à ses principes libertaires, par amour.

A l'époque où je l'ai connu, il ne désirait déjà plus s'attarder dans l'existence. Pourtant, certains jours la vieillesse semblait l'avoir à peine frôlé, presque oublié. Ses bras comme des sarments conservaient la force d'arrêter la faux de la mort. Mais il ne tolérait pas ces amenuisements qui sont les défaites de l'âge et en avait assez de lutter contre le tassement de sa longue colonne vertébrale ; d'autant qu'il avait toujours mis à profit la totalité de ses vertèbres pour se composer un maintien fidèle à l'idée qu'il se faisait de lui-même.

Avoir sa mort sur la conscience ne dérangeait pas ses convictions, bien au contraire. En tant qu'homme libre, il aurait souhaité choisir l'heure de sa sortie. Mais il aimait Maude et Maude aimait la vie, fût-elle ralentie. Elle ne l'aurait pas suivi dans la tombe. Aussi accepta-t-il son déclin pour continuer de veiller sur elle et ne pas lui imposer les tourments d'un nouveau veuvage.

Monsieur Ti n'ajustait jamais son tempérament à celui des autres. Il affirmait constamment sa personnalité, se surpassait quotidiennement dans cet exercice et ne permettait pas qu'on se laissât vivre sans exiger de soi le meilleur. Par chance, dans les désœuvrements de sa retraite – son activité hôtelière l'occupait peu – il m'admit à raisonner avec lui. A mes questions, il répondait généralement par des questions et, quand je le poussais dans ses retranchements, il s'empressait de répondre à la question essentielle que soulevait mon interrogation, sur le ton de la plaisanterie. Dérouter était sa méthode. Il aspirait à la légèreté et voulait atteindre au détachement des rieurs qui se défendent de l'existence en proférant des paroles ironiques. Il n'était d'ailleurs que sarcasmes contre ceux qui prennent la gravité pour base de leur personnalité.

Son intelligence m'éclaira sur le manque de finesse de mon esprit; mais il excellait dans l'art d'élever son interlocuteur jusqu'à lui. Très vite, mes réflexes intellectuels s'étaient coulés dans le moule des siens. A ses côtés, j'avais le sentiment de me conquérir.

Monsieur Ti n'était pas dupe de mes masques. Il me jugeait avec une sévérité méritée et voyait les

57

faussetés de ma nature, mes petites vanités et mes lâchetés sans que l'abusent mes airs de probité, d'humilité et de courage. Devant lui, je ne pouvais être que moi-même. Cette contrainte me plaisait.

Pétri de contradictions, Ti enviait les gens toujours en accord avec eux-mêmes qui se tirent indemnes de l'existence. Mon intention de traverser la vie sans me mouiller les pieds l'agaçait. « Si tu ne paies pas, la vie ne sera pas prêteuse avec toi... », marmonnait-il souvent.

A l'origine, je n'étais pas descendu dans son hôtel pour y trouver un maître à penser mais pour forniquer. J'y emmenais l'espace d'un week-end les filles que j'avais hélas fini par embrasser, avant Laure. Les prix étaient modiques et les colombages de la façade me ravissaient; et puis, l'hôtel du Globe possédait au rez-de-chaussée d'admirables chiottes en faïence bleue sur lesquelles j'aimais méditer ou lire, culotte baissée et sphincters relâchés.

Au fil des week-ends, qui mangeaient tout l'argent que je gagnais en louant ma silhouette sur des tournages, je passais de plus en plus de temps au bar de l'établissement à lever le coude en compagnie de cet énigmatique Monsieur Ti dont l'immobilité était comme une injonction au silence. Il pesait chacune des assertions qu'il émettait. La liberté de ses jugements et l'étendue de ses aperçus me subjuguaient. Il détenait des réponses et j'étais plein de questions.

Sur son physique de vieux mainate rien n'était

écrit, ou plutôt tant de choses contradictoires qu'on ne pouvait y lire quoi que ce fût. Son front semblait comme brouillé. Ses joues paraissaient avoir été rentrées par de grandes douleurs, mais sa physionomie n'était pas affaissée. L'arête de son nez volontaire donnait l'impression de toujours défier le lendemain.

Nul indice ne dénonçait son origine, et cela m'intriguait. Il avait l'air d'avoir effacé en lui tout vestige de son milieu; mais avait-il jamais appartenu à une ethnie sociale?

Il apprenait à mourir et moi à vivre, cependant notre quête participait de la même inquiétude.

Vint le jour où je ne me fis escorter d'une maîtresse que pour justifier mon retour hebdomadaire; puis je finis par me dispenser d'alibi et, doucement, pris place au sein de cette famille d'octogénaires que j'avais choisie. Je me rendis compte qu'ils s'étaient mis à souhaiter ma présence le soir où Monsieur Ti ouvrit la Bible – ce qui n'était pas dans ses habitudes – pour me lire « le retour de l'enfant prodigue », sans ajouter de commentaire.

Maude était entrée dans cette période de la vie où les femmes avouent à nouveau leur date de naissance. Elle avait quatre-vingt-sept ans, acceptait chacun d'eux et soutenait sa féminité en déployant tous les raffinements de la toilette. Elle était d'ailleurs, sous le rapport de la beauté, au-dessus des normes de son âge.

Maude jaugeait les êtres non à leurs actes mais

au poids de leur âme. De grands vices, une transparence exceptionnelle ou des vertus sublimes la touchaient plus que des prodiges. Elle ne demandait jamais aux gens leur profession, comme si elle craignait que leur métier ne les cachât. Elle préférait pénétrer leurs rêves, leurs goûts et leurs sensations.

Je compris mieux son art de vivre le jour où je m'aperçus qu'elle se réveillait aux aurores tous les matins pour aller voir le soleil se lever sur la mer, du bout de la digue construite en face de leur hôtel. Elle regardait l'horizon s'éloigner de l'astre, et se recouchait ensuite. Parfois, Monsieur Ti l'accompagnait en robe de chambre. Sur la plage déserte, il serrait le bras de Maude, mettait ses lunettes et se sentait moins vieux.

Monsieur Ti et Maude employaient à l'hôtel une Normande acariâtre, agreste et dragonnante, que tout le monde appelait Hermantrude. Était-ce son véritable nom ? Je ne l'ai jamais su. Excessivement viandée, charpentée comme un homme, Hermantrude était dépouillée de tout charme par de cruels chromosomes. Ses aïeux avaient dû beaucoup boire pour elle depuis le haut Moyen Age. Elle était dotée d'un organe vocal qui réveillait les plus endormis, d'un rire hennissant et d'un corsage quasiment vide sous lequel fluctuaient deux souvenirs de seins. Son crâne était couvert d'une peau flasque et moite qui, débordant vers le cou, lui faisait une gorge opulente de batracien. Ses paupières rougies ne fermaient qu'avec la plus grande difficulté, tout comme son orifice buccal dont les lèvres semblaient deux limaces. Ses cheveux étaient d'origine, mais elle avait soin de les teindre en roux ardent tous les quinze jours. On la supposait rustique car son physique de gargouille ne possédait que trois expressions. L'une exprimait un contentement animal, l'autre une lubricité inquiétante – elle n'avait jamais dû voir le loup – et la troisième une rage sourde. Elle collectionnait avec passion les cartes postales exotiques. Devant ces photographies d'un ailleurs radieux, sa trogne devenait presque humaine.

Lorsque je marchais sur la digue avec Monsieur Ti au milieu des mouettes, il remaillait les épisodes de sa vie qu'il consentait à ressusciter, reconquérait patiemment des dizaines d'anecdotes sur sa mémoire.

Jeune chirurgien, il avait contracté le goût des canulars en s'engageant dans la Résistance. « Monsieur Ti » était d'ailleurs son pseudonyme de résistant. Il l'avait conservé à la Libération, au détriment de son véritable patronyme : Jardin.

Le risque chronique de la torture et du peloton d'exécution l'incitait à faire des farces, non seulement à ses compagnons mais aussi à l'occupant, pour triompher de sa peur. Il mêlait donc une dimension cocasse, voire humoristique, à ses coups de main. On l'appelait le « comic-toubib ». Ses camarades le croyaient facétieux. Seul le petit Marcel avait vu le rictus de l'angoisse derrière celui de son sourire. Ils furent tous deux capturés,

61

torturés et déportés à Buchenwald puis à Langenstein, là où le mot horreur épuise ses ressources. Marcel avait dix-sept ans, lui vingt-six. Il avait commis l'erreur de libérer des prisonniers allemands dans les rues d'une bourgade, uniquement vêtus de leur casque et d'un entonnoir sur le sexe. Cette pathétique mascarade était sa façon de dire à l'occupant : « Allons, tout ça c'est pour rire ! », et de refuser la réalité du péril pour mieux l'accepter. Les entonnoirs leur furent fatals. Mis à la question par la Gestapo, le fournisseur avait parlé. Ti, lui, ne parlait jamais de sa déportation. Il m'avoua seulement, un soir, que dans les brumes des camps il avait cessé de plaisanter et, avec un remuement des lèvres plus éloquent qu'un discours, il ajouta que le petit Marcel était mort là-bas.

Après la guerre, Monsieur Ti avait quitté l'Europe et n'était retourné en Normandie, à Ker Emma, que vingt-sept ans plus tard. Les siens le croyaient décédé. Il resta muet sur ces années déambulatoires au cours desquelles il s'était enfoncé dans le vaste monde. Pourtant, desserrer les lèvres l'aurait allégé. Sa mémoire contenait plus de souvenirs obsédants qu'elle ne pouvait en supporter.

Ker Emma, lieu unique, lieu de rêve, lieu rêvé qu'il me faut à présent évoquer; car on ne peut deviner Monsieur Ti, Maude et Fanfan sans comprendre la destinée de ce village normand dont le nom sonne breton.

On est de Ker Emma comme on est d'une famille; car Ker Emma est un bourg familial de mille âmes.

A l'origine, en 1853, un certain Népomucène Sauvage engagea la dot de sa jeune épouse bretonne, Emma, pour construire une digue qui, en fermant une baie, devait permettre d'assécher huit cent cinquante hectares. Il mena les travaux à leur terme et, reconnaissant, l'État lui donna ces terres conquises sur les flots.

Épris de sa femme, Népomucène baptisa « Ker Emma » son territoire nouvellement émergé et fit à sa féconde épouse dix-sept rejetons. Trois n'eurent que le temps de recevoir l'onction du baptême. Les quatorze autres s'établirent à Ker Emma, conformément aux vœux du vieux Népomucène qui rêvait d'enraciner là, et pour toujours, l'arbre généalogique qui naîtrait de son amour pour Emma.

Plus d'un siècle après, environ un millier de descendants de Emma et Népomucène Sauvage vivent encore à Ker Emma. Lorsqu'une maison se vend, elle n'est cédée qu'à un membre du clan. Les habitants déposent leur argent à la banque familiale – la Banque de la Digue –, et l'on se dépucelle entre cousins éloignés. Mais le mariage entre cousins germains est interdit. Ker Emma possède sa maison de retraite, honnie par Monsieur Ti, et un conseil des Sages qui veille à l'unité morale de cette étrange tribu ainsi qu'à l'entretien de la digue.

Chacun a conscience de descendre d'une extraordinaire histoire d'amour et d'un grand rêve.

La digue de granit explique tout à Ker Emma. Sans elle, Monsieur Ti ne serait pas revenu de Buchenwald; elle est la colonne vertébrale de Fanfan.

Cette digue leur a appris à ne jamais abdiquer. Par trois fois, les grandes marées d'hiver l'ont brisée : en 1894, 1928 et 1972. Elle fut toujours rebâtie.

Le 1ᵉʳ juillet, date anniversaire de l'inauguration de la première digue, les gens de Ker Emma dansent sur la digue de 1972. Ils fêtent leur victoire sur l'océan, leur fierté d'être différents. Ils la remercient de leur avoir donné la force d'affirmer leur puissance spirituelle et financière; car Ker

Emma est le siège de nombreuses sociétés florissantes nées grâce à l'appui de la Banque de la Digue.

En 1976, sous l'influence de Monsieur Ti, Ker Emma refusa de mettre ses pendules à l'heure d'été et à l'heure d'hiver, par souci de préserver un art d'exister en harmonie avec la nature. Ils avaient déjà lutté cent vingt-trois ans contre l'Atlantique. Paris ne leur faisait pas peur. Ker Emma est donc le seul village de France à vivre en accord avec le soleil. Lorsque l'horloge de la poste indique dix heures du matin, il est onze heures ou midi dans le reste du pays; et la mairie se moque des horaires officiels d'ouverture et de fermeture des bureaux de vote. Pour continuer de regarder la télévision le soir sans se coucher trop tard, les programmes sont enregistrés et rediffusés le lendemain à vingt heures trente, heure locale, sur le câble communal.

Si je pris la résolution de taire continûment ma passion pour Fanfan, c'est parce qu'au contact de ce clan j'étais devenu moi aussi un fils de la digue. Sans elle, je n'aurais pas cru au pouvoir de ma volonté sur mes sens, en ma capacité d'endiguer éternellement le flot des pensées folles qui m'assaillaient lorsque je me trouvais à proximité de Fanfan ou quand son image flottait dans mon esprit.

Monsieur Ti revint en 1972. La digue venait de céder pour la troisième fois. Bien que déjà fourbu de vieillesse, il participa aux travaux de reconstruction avec le sentiment de retremper ainsi son identité.

Jusqu'alors, il s'était convoyé lui-même tout au long de son existence. Au cimetière de Ker Emma, dans lequel il vagabondait souvent comme pour braver la mort, il rencontra une femme âgée et heureuse. Tout en nettoyant la sépulture de son mari, elle lui parla de sa joie d'être en vie et lui offrit des tablettes de vitamine C. Elle s'appelait Maude Sauvage.

Ils se donnèrent des rendez-vous. Sa capacité d'émerveillement l'émerveillait. Il l'embrassa frénétiquement un soir, au sortir du cimetière, rassuré de savoir qu'ils y retourneraient les pieds devant avant que leur passion ne s'étiolât.

Monsieur Ti ne tolérait pas les amoindrissements de l'amour. Il regardait comme une défaite honteuse les lassitudes auxquelles se résignent les couples. Le mariage ne l'avait jamais tenté. Il avait toujours refusé d'être remorqué ou de remorquer quelqu'un.

Maude eut la sagesse de ne pas s'arroger de droits sur lui. Elle lui montra simplement, avec l'assurance que donne la conscience d'incarner ses propos, qu'il n'est pas d'accomplissement d'une tendresse enflammée sans une forme d'engagement. Elle avait connu cela avec feu son mari. Jaloux de ce passé réussi, Monsieur Ti l'avait baguée trois semaines plus tard. Elle avait quatre-vingt-trois ans, lui deux de moins.

Le vieux Ti ne s'était lancé dans cette aventure

matrimoniale que parce qu'il savait le temps de son côté. Il n'aurait pas à composer avec le quotidien. Son mariage conserverait la saveur ineffable de leur coup de foudre. Jamàis ils ne se dégriseraient.

Fanfan et moi n'avions que vingt ans. Un demi-siècle, et peut-être plus, nous séparait encore de la mort. Notre liaison aurait mille fois le temps de se momifier si je ne mettais pas mes appétits en sourdine. Je ne voyais d'autre issue que de prolonger perpétuellement l'attente de notre premier baiser. Un demi-siècle d'espérance, voilà ce qu'était mon rêve.

Mais la silhouette de Fanfan me semblait comme la promesse de voluptés infinies. Mes reins me murmuraient sans cesse qu'elle devait être de ces filles qui vous font ça en couleurs.

Au lieu de retourner chez moi après le week-end à Orléans, je partis dans les Alpes cueillir un edelweiss, pour l'offrir à Fanfan. Je voulais commettre un acte susceptible de lui prouver l'étendue de ma passion, afin de mieux la déconcerter ensuite en m'abstenant de l'embrasser.

Mais derrière le calcul il y avait en moi une sincérité totale.

Plus le train progressait vers les Alpes, plus la joie me gagnait. Il me semblait vivre un roman en échappant à un comportement normal. Le sourire ne quittait pas mes lèvres. Je me sentais comme libéré de l'amour bourgeois.

Au wagon-bar, je rencontrai quelques étudiants qui se proposaient de fouler le sommet du mont Blanc dès le lendemain. Mes questions sur leur équipée nous lièrent superficiellement. Nous échangeâmes des propos insignifiants jusqu'à ce que l'un d'entre eux m'interrogeât sur ma destination.

– Je vais cueillir un edelweiss sur un sommet

pour la fille que j'aime, répondis-je avec enthousiasme.

– Ta petite amie? s'enquit une fille, étonnée.
– Non. Je l'aime trop pour la toucher.
Tous crurent d'abord à une farce.
– Où vas-tu vraiment?
– Je vous jure que c'est la vérité, protestai-je.

Il me fallut une demi-heure pour leur faire admettre que l'objet de mon périple était bien de rapporter un edelweiss à une femme, et une autre demi-heure pour qu'ils acceptent l'idée que je ne voulais pas étreindre celle que j'aimais et de qui j'étais aimé. Au bout de soixante minutes, les garçons me considéraient comme si j'étais un extra-terrestre mais les filles, elles, n'avaient pas toutes l'air de juger mon attitude désuète.

J'eus beau dilapider mon énergie à tenter de convaincre les garçons de la nécessité de ma démarche, ils ne cessaient de se moquer de moi. Leur réaction me blessa et m'inspira des traits chargés d'ironie. Ces jeunes gens paraissent ignorer que les hommes n'ont été créés que pour aimer les femmes et qu'il n'atteignent au sublime que lorsqu'ils entrent dans les sphères de la passion. Hors l'amour, ils ne sont que des pantins animés par des aspirations dérisoires. Hors l'amour, ils mènent une vie en trompe l'œil.

Je les laissai quelques heures plus tard sur le quai de la gare de Chamonix, certain de la beauté de mon entreprise. Ils me regardèrent m'éloigner avec perplexité. J'entendis alors une voix masculine murmurer :

– Il est cinglé...

– Et toi, ça fait combien de temps que tu ne m'as pas offert des fleurs ? fit observer une voix de fille.

Ces deux phrases renforcèrent encore ma résolution. Coûte que coûte, il me fallait dénicher un edelweiss pour Fanfan. La quête de cette fleur m'était d'abord apparue comme une toquade dont l'extravagance même me grisait ; elle me semblait à présent ratifiée par le bon sens et comme exigée par la raison. Les fous sont ceux qui n'engagent qu'une partie d'eux-mêmes dans leur passion.

Un autobus me déposa au pied des remontées mécaniques vers onze heures du matin. J'interrogeai le guichetier :

– Savez-vous où je pourrais trouver des edelweiss ?

– Ces fleurs sont protégées. Il est interdit de les cueillir, me répondit-il en m'indiquant une affiche sur laquelle figuraient des photographies de plantes que le ministère de l'Environnement prétendait soustraire à la frénésie bouquetante des touristes.

Mal à l'aise, je demandai un billet de téléférique.

– Je vous préviens, insista le guichetier, en ce moment les gendarmes verbalisent.

Je haussai les épaules et montai dans la cabine qui s'éleva dans les airs. Agresser la nature me froissait ; mais je n'avais pas parcouru plusieurs centaines de kilomètres pour revenir bredouille.

A l'arrivée du téléférique, nul gendarme ne vint attiser ma mauvaise conscience. Il faisait déjà chaud et soif. Je bus l'écume d'un torrent et partis vers un sommet d'un pas ailé, comme porté par l'image de Fanfan.

Trois heures plus tard, je n'avais toujours pas d'edelweiss mais une diarrhée aussi courante que l'eau du torrent que je n'aurais pas dû boire. Ma tripaille s'était comme liquéfiée. Cette trahison de mon corps, alors même que mon excursion requérait toutes mes forces, me confirma dans l'idée que seul l'esprit est fiable. Ma volonté, elle, demeurait inflexible.

Vers six heures du soir, cette conviction commença à m'abandonner. Harassé par ma course dans les alpages, affamé et le ventre en eau, je fus pris de doute. La niaiserie de ma quête m'apparut soudain. Que faisais-je là, assis sur un piton de rocaille ? Je compris le sourire goguenard des étudiants rencontrés dans le train et m'avisai que rien ne sert de vouloir décalquer la vie sur les romans; on y dissipe en vain son énergie. Mon premier pas dans cette entreprise avait justifié le second, mais mieux valait mettre un terme à cette divagation moyenâgeuse et retourner me coucher sagement dans le lit de Laure.

Désabusé, je me levai et tombai en stupeur devant une éternelle des neiges. La présence de cette fleur cotonneuse démentait toutes les pensées que j'avais eu la lâcheté d'accueillir en moi. Mes doutes refluèrent brutalement. Cette découverte inespérée m'enseigna que, si je m'armais de persévérance, toutes les promesses comprises dans ma résolution seraient tenues.

Je cueillis l'edelweiss avec une infinie douceur, le posai délicatement dans un cornet de papier et regagnai Paris.

Laure s'était inquiétée de ma disparition. Elle exigea des éclaircissements. Je mentis avec jubilation, comme si j'avais eu une maîtresse, me donnant ainsi le sentiment d'être l'amant de Fanfan. Je craignais de changer cette envie en réalité, mais il me plaisait d'agir comme si le pas décisif avait été franchi.

Laure voulut bien croire l'histoire abracadabrante que je lui racontai. Elle se montra moins compréhensive lorsque je refusai de retourner chez ses parents le week-end suivant.

— Eh bien, j'irai seule! déclara-t-elle sans se douter un instant qu'elle me laissait ainsi le champ libre pour revoir Fanfan.

— Soit, dis-je en me gardant bien de sourire.

Je pris donc rendez-vous avec Fanfan pour le samedi soir et réservai la meilleure table d'un petit restaurant qui se trouvait sur la rive droite de la Marne, à vingt minutes du centre de Paris. La terrasse s'avançait sur le fleuve et n'était éclairée la nuit que par des bougies. Un endroit d'ombre et d'eau.

Dans ce cadre, à lui seul presque un aveu, j'entendais faire une cour appuyée à Fanfan sans jamais m'ouvrir tout à fait. Mon programme serait de me répandre en attentions équivoques que mes paroles ou mes omissions démentiraient. Je désirais que cette soirée fût un jeu de subtiles frustrations mêlées d'instants où tous les espoirs lui paraîtraient permis.

On s'étonnera peut-être de me voir ainsi régler ma conduite; les amoureux ne s'abandonnent-ils pas habituellement à l'ivresse de leurs emportements? Sans doute. Cependant il y a toujours eu en moi un calculateur doublé d'un être sincère. J'allais, certes, avoir recours à une tactique, mais avec candeur. J'avais une authentique passion pour les manèges de l'amour, auxquels je ne me suis jamais livré qu'en tremblant.

Je n'étais d'ailleurs pas certain d'agir selon mes intentions. Prévoir mes attitudes loin de Fanfan n'avait rien de difficile. A l'exécution, l'exercice serait autrement plus ardu. Qui sait si son regard ne me dépouillerait pas de ma volonté? Mais je pensais être capable de tempérer mes élans. Je voulais le croire.

Ma résolution devint plus solide à mesure qu'approchait la date de notre dîner; car j'éprouvais un douloureux sentiment de honte qui ne cessait de croître. Préparer mon cœur à ce rendez-vous était déjà tromper Laure. Je ne pouvais toutefois me reprocher de convoiter Fanfan. Nos désirs échappent à notre responsabilité. Mais j'étais – en

74

principe – maître de mes actes. Il me semblait donc qu'en m'abstenant d'embrasser Fanfan je rachèterais une part de ce que je ressentais comme une faute. Les arrangements entre soi et sa conscience sont parfois bien étranges.

Toutefois, j'ignorais si je saurais conformer ma conduite à ma détermination.

Le samedi soir, à vingt heures, je palpitais devant le domicile de Fanfan au volant de la voiture de mon père. Elle arriva, épaules nues, comme sculptée dans une robe qui accusait chacun de ses modelés.

Je prétextai un besoin urgent à assouvir – ce qui n'était pas faux – et courus vers une pissotière où j'éteignis dans mes mains les désirs trop vifs nés de son apparition. Chétif plaisir, certes, mais il faut bien laisser une place à la nécessité...

Rasséréné, je pus alors la rejoindre et, d'un air dégagé, lui ouvris la portière de la voiture en jeune homme chez qui la galanterie d'antan subsistait encore. Elle prit place. Je lui murmurai un compliment.

Au restaurant, je l'aidai à ôter son châle en frôlant sa chair, l'installai face à la Marne et lui suggérai un menu.

– Ce sont mes plats préférés! s'exclama-t-elle.
– Je le sais, chuchotai-je, en me gardant bien de

lui révéler que j'avais interrogé sa grand-mère dans l'après-midi, par téléphone.

Pour être parfait, je priai deux fois le serveur de changer son melon et lui proposai de projeter ses films à un producteur ami de mon père. Elle accueillit cette offre comme si on l'eût dispensée d'hiver. Je voulais qu'en ma compagnie l'existence lui semblât conforme à ce qu'on attend d'un rêve.

Elle me raconta longuement la petite fille qu'elle avait été et évoqua la noyade de sa sœur qui avait anéanti la gaieté de la famille. Je l'écoutais sans l'interrompre, passionné par cette vie qui l'avait pétrie et conscient de lui donner ainsi l'impression d'être comprise. Puis elle parla de son adolescence, de ses aspirations amoureuses auxquelles les garçons n'avaient jamais répondu que par des empressements déplacés – comprenez de trop hâtives « mains au cul ». Par allusions feutrées, elle me fit entrevoir combien mes prévenances la touchaient; puis elle expliqua :

– Peut-être que les garçons étaient comme ça avec moi parce que je ne porte jamais de petite culotte.

Ne sachant quoi dire je restai muet, stupéfait. Je n'avais pas prévu une telle attaque frontale. Elle était donc nue sous sa robe...

– Tu vois, reprit-elle, c'est ça qui est extraordinaire dans les films. Tu rajoutes une phrase de dialogue et la scène est changée. Rassure-toi, j'ai une culotte. J'ai dit ça pour rire.

Elle continua de discourir sur l'art du dialogue

au cinéma, en contemplant la Marne. Souvent, elle cessait de fixer le fleuve et reportait ses yeux sur moi ; et parfois, en se rencontrant, nos regards avaient une éloquence qui palliait la retenue de nos discours. Je tournais alors la tête ou bien buvais un verre d'eau fraîche afin de me refroidir les sens et le cœur à la fois.

Avec Fanfan chaque seconde comptait, exister était une sensation exceptionnelle. En la fréquentant, j'apprenais à goûter les instants immobiles. Elle me civilisait.

Après un long silence, je lui offris enfin l'edelweiss qui m'avait coûté tant d'efforts.

— Qu'est-ce que c'est ? fit-elle. Une marguerite ?

— Non, répondis-je, vexé. Un edelweiss.

— Un vrai ?

— Oui.

— Mais c'est très rare !

— Je suis allé le cueillir pour toi dimanche dernier, au-dessus de Chamonix.

— Tu te fous de ma gueule ? me dit-elle dans cette langue vulgaire qu'elle aimait mêler de temps à autre à son français impeccable.

— Tu es sans doute la seule personne qui puisse me croire, mais je ne peux pas t'y obliger.

Fanfan demeura un instant perplexe puis m'adressa un sourire, et, dans un mouvement de précipitation qui trahissait un élan, me saisit la main. Je serrai la sienne mais à la manière d'un homme d'affaires qui vient de conclure une association, en précisant :

78

– J'ai fait cela pour sceller notre amitié naissante. C'est si merveilleux d'avoir une réelle amitié avec une fille.

– Bien sûr... bredouilla-t-elle.

Il y avait soudain une telle somme d'incompréhension dans son regard qu'elle eut comme un vertige. Fanfan ne devait pas être accoutumée aux réticences des garçons à son égard, elle qui fascinait les hommes à volonté.

– Ça ne va pas? murmurai-je avec douceur.

– Si, si...

Je m'excusai et disparus quelques minutes, comme si je m'étais rendu aux toilettes; si bien qu'en partant, lorsqu'elle voulut partager l'addition, je pus lui répondre que tout était déjà réglé.

Je l'aidai à remettre son châle d'un geste empreint de tendresse qui contredisait ma déclaration d'amitié. Elle paraissait déconcertée. Je jubilais d'être parvenu à prononcer ce mot d'« amitié » auquel j'entendais me cramponner pour maintenir entre nous une salutaire distance.

En voiture, je lui proposai d'une manière presque intime de boire un dernier verre et laissai passer sur mes lèvres un sourire qui lui fit croire que mes sentiments pour elle venaient de changer de nature. Troublée, elle acquiesça.

Je m'arrêtai devant l'une de ces épiceries aux horaires de hiboux qu'on trouve dans Paris et achetai une bouteille de champagne.

– Où allons-nous? murmura Fanfan, sans oser ajouter « chez toi ou chez moi? ».

79

— A Vienne! m'écriai-je.

— A Vienne?

— N'ai-je pas été jusqu'à Chamonix pour te cueillir un edelweiss? Mais pour te conduire à Vienne, il faut que je te bande les yeux.

Amusée, Fanfan se prêta à cette fantaisie. Je nouai son châle derrière sa nuque et pris la direction des Studios de Boulogne où étaient assemblés les décors d'un film-fleuve écrit par mon père. L'action se déroulait à Vienne en 1815.

Soucieux de mon avenir, mon père m'avait acoquiné avec le gardien des studios, afin qu'il me permît d'errer à ma guise sur les plateaux. Son dessein était de me familiariser avec la réalisation pour éventuellement me diriger vers le cinématographe, au cas où les aléas de l'existence m'auraient empêché d'accéder rapidement à la présidence de la République ou au trône d'Europe. Depuis sa victoire sur son cancer, il regardait l'avenir en homme pressé et balayait les contingences de la vie d'un revers de main. A ses yeux, j'avais tout juste dix ans devant moi pour me carrer entre Charles de Gaulle et Jules César ou pour faire de l'ombre à Chaplin.

Je connaissais donc le concierge qui m'avait souvent autorisé à entraîner les filles que je courtisais, la nuit, dans les décors féeriques et silencieux des studios. Mais ces adolescentes qui se prélassaient dans ma mémoire ne jouaient que les utilités dans la comédie grave de ma vie sentimentale. Fanfan les éclipsait toutes.

En chemin vers Boulogne, je jouissais d'être assis aux côtés de cette jeune femme imprévisible qui accaparait mon cœur. Le pittoresque de cette soirée m'enchantait. Je m'abandonnais à ma joie d'avoir découvert en mes temporisations le secret d'une passion inaltérable. J'échappais ainsi aux désordres de Verdelot et à la morne union des Chantebise. Certes, ma solution était singulière et le sens commun la désavouait; mais en tant que membre de la famille Crusoé, j'étais à mon aise dans le bizarre.

Tout en roulant, je préparais en moi-même les modalités de la surprise que je réservais à Fanfan; et lorsque tout fut arrêté, je convins qu'on ne dépense jamais assez d'imagination pour concevoir des moments romantiques. J'ose l'avouer, le cœur était et demeure mon organe de prédilection. Je ne dédaigne pas le cerveau, mais il me semble qu'on ne raisonne que trop là où il faudrait ressentir pour ne rien regretter quand vient le grand âge.

Paradoxalement, moi qui voulais l'amour sans l'amitié – entendez la passion – je me trouvais dans la position d'un apôtre de l'amitié entre les hommes et les femmes. Ce retournement me fit sourire. Fanfan ne s'en aperçut pas. Ses yeux étaient toujours bandés.

– Où va-t-on? demanda-t-elle.

– Nous traversons une forêt, dis-je, alors que nous roulions sur les quais de la Seine.

– On va prendre l'avion?

– Oui, dans un petit aérodrome. J'ai loué un avion de tourisme.

– Tu rigoles?

– Non! N'enlève pas le bandeau! lui intimai-je avec force. Sinon je ne t'emmène pas à Vienne.

Elle conserva son châle devant les yeux. Dix minutes plus tard, je garai la voiture devant les Studios de Boulogne et l'invitai à m'attendre. Le fils du concierge, qui remplissait les fonctions de veilleur de nuit, me donna la clef du plateau.

Je revins chercher Fanfan.

– Tout est prêt, tu peux venir, l'avion est là.

Fanfan me donna la main et se laissa guider dans les studios. Elle croyait traverser les hangars d'un aérodrome.

– Attention, baisse-toi, il y a une hélice! lui lançai-je avec conviction.

Dans une loge, je la priai de revêtir une robe cintrée de velours et de soie, comme n'en ont que les princesses, par-dessus celle qui la moulait. Elle s'étonna de sentir autour d'elle autant de volume et me demanda le pourquoi de cette séance d'habillage avant le décollage. Je lui répondis que je la voulais prête à valser dès la descente d'avion et enfilai un uniforme d'officier austro-hongrois de 1815, en frémissant de m'introduire ainsi dans un conte.

Je ne connais pas de plus grand vertige que de parvenir à réduire l'écart qui nous sépare de nos désirs d'enfant. Petit garçon, je n'avais pas de goût pour les automobiles ou pour les panoplies de cow-boy. Seul l'amour me grisait. Dès l'âge de raison, mon cœur a gouverné mes actes. Je ne me rendais à l'école que mû par l'inclination que j'éprouvais pour une camarade de classe; et lorsqu'il n'y avait aucune gamine à aimer dans la cour de récréation, je « séchais ». Mes amis pratiquaient des sports avec ferveur, vouaient leurs dimanches à des « hobbies », moi je faisais la cour. Seules les filles me permettaient d'échapper à la réalité.

Je m'étais toujours rêvé Prince Charmant et, habillé en officier de l'empire des Habsbourg, je portais l'un des costumes de mes songes d'antan.

Je conduisis Fanfan sur un plateau, puis mis un disque de valses viennoises sur la chaîne stéréophonique utilisée par l'ingénieur du son.

Alors je m'avançai vers elle en bombant le torse et déclarai avec émotion :

— Mademoiselle, m'accorderez-vous cette danse ?

— Qu'est-ce qui se passe ? demanda Fanfan, toujours aveugle.

Je saisis sa taille et, la fièvre au cœur, commençai à danser en retirant son bandeau. Sur sa figure éclata un sentiment de surprise mêlée d'ivresse. Elle se vit tourbillonnant à mon bras, les hanches prises dans une robe de princesse qui s'épanouissait en corolle, évoluant sur le parquet d'une salle de bal viennoise reconstruite à la perfection. Certes, au-dessus des boiseries et des miroirs il y avait des rampes d'éclairage modernes et des passerelles destinées aux perchmen, mais la majesté et la richesse de cet ample décor la subjuguaient.

Elle qui entendait lier sa destinée au cinéma se trouvait brutalement projetée dans cet univers qu'elle chérissait. Radieuse et légère, elle valsait.

– Ne t'avais-je pas promis de t'emmener à Vienne ? lui murmurai-je.

Fanfan m'étreignit avec émotion. J'étais heureux. La combler était toute mon ambition. J'aurais voulu demeurer ainsi éternellement, mais la concupiscence me harcela de nouveau lorsque ses seins me frôlèrent et que son souffle passa à proximité de mon cou. Je m'écartai légèrement d'elle. Cette précaution fut inutile. Le démon de la luxure continuait à me chuchoter des pensées libertines que je m'efforçai de rejeter. Je ne pouvais cependant interdire à ma main d'éprouver avec plaisir la cambrure de ses reins dont la souplesse m'incitait à l'abandon. J'eus beau m'obliger à songer à autre chose, je ne parvenais pas à distraire mon désir. Allumant ses prunelles, Fanfan paraissait consciente de l'attrait qu'elle exerçait sur moi. Elle en profita d'ailleurs pour m'adresser un regard hardi qui pénétra si avant dans mon âme que je dus baisser les yeux.

Je la lâchai alors et reculai d'un pas pour ne pas me laisser vaincre par mes ardeurs. Mon aveu fut empêché par le souvenir des somnolences du couple Chantebise. Ah, Dieu que la délivrance du premier baiser est trompeuse... et réserve d'ennuyeux lendemains !

– Vous ne voulez plus danser ? remarqua-t-elle avec un aplomb dans lequel elle mit de la provocation.

– Allons plutôt sur la terrasse boire le champagne avant qu'il ne soit tiède, répondis-je en lui proposant mon bras.

Elle le prit et me dit cette phrase qui m'enchanta :

– Savez-vous, monsieur, que votre cousin le prince de Metternich m'a longuement parlé de vos qualités, hier soir ? Il pense beaucoup à vous pour l'ambassade de Londres.

Fanfan acceptait donc le jeu. Nous nous dirigeâmes vers une fausse terrasse qui donnait sur une gigantesque maquette des toits de Vienne, en devisant sur l'avenir de l'Europe désorganisée par Napoléon. Autour de nous s'étalaient de superbes bouquets artificiels sans odeur. Des bribes de valses nous parvenaient.

Je versai du champagne à Fanfan et m'appuyai légèrement sur la balustrade en liège de la terrasse, qui avait l'air d'être de la pierre tant l'équipe de décoration l'avait peinte avec soin. Elle but la coupe puis l'envoya par-dessus son épaule en souriant. Le cristal se brisa sur le parquet.

– Ne sommes-nous pas dans un film ? observat-elle en guise d'excuse.

Puis, tout bas, elle ajouta :

– On a le droit de tout faire, ce soir...

Grisé, je contemplai Fanfan un instant et lui servis une déclaration d'amitié qui de toute évidence l'ébranla. Elle eut beau tenter de grimer son dépit en détachement, sa physionomie la trahissait.

– N'est-ce pas merveilleux de pouvoir installer entre nous une intimité sans ambiguïté? conclus-je.

Je l'instruisis ensuite de mon passé amoureux en continuant de feindre pour elle une amitié sans arrière-pensée, tout en ne cessant de la troubler. Fanfan était de ces êtres privilégiés pour la douleur et le plaisir. Elle respirait difficilement. Moi aussi. Je souffrais de sa présence et de ma passion contrariée; mais je tirais également vanité de ma volonté.

J'expliquai à Fanfan, dans l'espoir de réveiller en elle l'envie de me consoler, combien les femmes m'avaient blessé jusqu'alors et que j'attendais celle qui saurait répondre aux exigences que je nourrissais pour la vie de couple. Je lui confiai ma déception devant ces filles qui se résignent à l'usure de l'amour; puis je lui peignis l'existence que j'envisageais de mener avec celle qui saurait captiver mon cœur. Mes propos semblaient lui jeter dans l'âme d'âpres regrets. J'étais aux anges.

Après m'avoir écouté, Fanfan osa dire, meurtrie :

– Je te comprends... moi aussi je n'ai jamais croisé d'homme pour qui l'amour soit tout.

– Peut-être as-tu parmi tes amies une fille merveilleuse qui partage la même désillusion que toi. Tu pourrais me la présenter. De mon côté, honnêtement je ne vois personne qui puisse te combler.

– Moi non plus, fit-elle en dissimulant son désappointement.

86

Je venais de lui porter le coup de grâce. J'en étais désolé mais ignorais comment procéder autrement pour la retenir. Si je prétendais ne point la toucher, je ne voulais pas qu'elle allât s'offrir à un autre homme. Il me fallait donc la « ferrer ».

Dans sa robe de princesse, Fanfan avait l'air défaite. Je lui pris la main par compassion et l'entraînai :

— Viens...

Nous traversâmes une forêt d'arbres en résine synthétique, pénétrâmes au milieu d'un autre film, dans une chambre d'un palace vénitien dont les fenêtres s'ouvraient sur un faux Grand Canal.

— Voilà notre chambre, murmurai-je. Nous passerons la nuit ici. Nous ne retournerons à Paris que demain matin.

Stupéfaite, Fanfan demeura immobile quelques secondes; puis elle me sourit, comme si tout ce qu'elle avait entendu précédemment n'avait été qu'un malentendu; mais je m'empressai de préciser que mon intention était de dormir près d'elle en tout bien tout honneur.

— C'est une vieille coutume française qui s'appelle la mésure. Tu ne connais pas? Ça s'est longtemps pratiqué à la campagne. Cette idée m'a toujours plu. Rassure-toi, ajoutai-je en riant, je saurai me tenir!

Fanfan s'obligea à rire doucement. Je m'étendis sur le lit dans mon costume d'officier autrichien.

— Tu ne viens pas? demandai-je avec une candeur qu'elle crut sincère.

Elle me rejoignit et s'allongea à mes côtés. Sans doute supposa-t-elle que cette promiscuité réveillerait mes esprits animaux; mais mon attitude était empreinte d'une désinvolture qui ne se trouve pas chez un homme épris ou troublé. Je m'interdisais tout tressaillement.

Nous parlâmes de nouveau de ce commerce singulier qui se tissait entre nous depuis notre rencontre. Je m'approchais de mon amour par analogies et allusions sans jamais y arriver, en lui lançant des coups d'œil ambigus; puis, soudain, je ruinais ses espérances en répétant le mot amitié. Cette manœuvre me paraissait une excellente façon de faire entrer Fanfan dans une passion suffisamment violente pour être susceptible de se perpétuer. Près d'elle, je sentais beaucoup mais réfléchissais plus encore, comme pour lutter contre l'état d'hypnose amoureuse qui commençait à me gagner.

A mi-mot, je lui exprimai mon désir de lui voir les attentions de l'amitié vraie et laissai entendre qu'en bridant les élans de nos corps nous inventerions pour nous des liens indissolubles. Nous ne pourrions nous quitter puisque nous ne serions pas ensemble.

Tout en parlant, je lisais dans les plis de son joli front son rejet de ma position. Les altérations de sa physionomie me bouleversaient. Sa passion s'enflait de tout ce que je lui refusais.

On s'étonnera sans doute de ce que ma volonté ne fût pas anéantie dès que Fanfan s'était installée sur le lit, elle dont l'apparence était une promesse de voluptés et dont le regard fixe disait alors toute l'attente, elle que je savais être la femme de ma vie, celle sans qui je ne serais jamais vraiment moi-même. D'une part je me délectais de l'entraîner dans les sphères les plus brûlantes de la concupiscence; d'autre part vous n'imaginez pas combien il m'aurait fallu de courage pour tromper Laure. Verdelot me terrifiait toujours.

Qui n'a pas connu le chaos amoureux qui régnait dans la maison de ma mère, derrière des non-dit colossaux et sous des dehors d'une grande gaieté, ne peut me comprendre.

Et puis mes sentiments étaient confus. J'aimais encore Laure et Fanfan m'inquiétait autant qu'elle m'attirait. Je lui en voulais de menacer la vie sage et rassurante que je menais avec Laure.

Cependant, je fus très vite ému par le spectacle de la beauté mirifique de Fanfan. Je pris donc les devants afin de prévenir toute insurrection de mes instincts : je m'interdis de songer à autre chose qu'à un train parcourant la campagne à grande vitesse. Je me représentai une locomotive et détaillai mentalement chacune de ses pièces.

C'est ainsi que je réussis à desserrer l'étreinte de mon désir.

Je préférais l'espérance des caresses de Fanfan à ses câlineries. J'espérais en l'espérance, certain que nous serions ainsi le premier couple à s'aimer de passion pendant un demi-siècle, à ne jamais composer avec le quotidien.

Mes méthodes peuvent sembler austères, voire dures; mais j'agissais également dans l'intérêt de Fanfan. Elle aussi jouissait – et avec quelle ardeur! – de la formidable tension qui nous unissait.

Lorsque Fanfan s'éveilla dans la chambre du palace, je m'étais déjà éclipsé. Je voulais que cette soirée viennoise lui parût un songe et que le Prince se fût évanoui dans la nuit.

J'ôtai mon costume et allai m'ouvrir les yeux en buvant deux cafés dans un bar-tabac. Dehors, le printemps s'essayait sans conviction. Le jour se levait pour tout le monde, mais un peu plus pour moi. J'étais heureux de ma victoire sur mes sens.

J'entendais encore le bruit de cette locomotive que je m'étais efforcé de conserver en tête jusqu'à ce que le sommeil me prît. Cette nuit de mesure avait exalté ma concupiscence au-delà de ce que le corps peut tolérer; mais j'avais tenu. Il entrait dans ma joie un sentiment d'héroïsme.

La journée fut un bonheur de douze heures exquises. Je souriais, tout me souriait. Je m'empressais de céder ma place dans le métro; on me remerciait. J'étais comme saisi par un constant accès de gaieté. J'étais amoureux et me sentais la ressource de garantir ma passion contre les atteintes du temps. J'avais eu la force de suspendre mon désir une nuit durant; il me semblait que j'aurais celle de résister une vie entière.

Le soir, je rejoignis Laure. Elle roucoula dans mes bras puis me rappela que le dimanche était mon « jour de ménage ». Je me refermai. Tandis que je passais l'aspirateur, elle raconta les faits et gestes des Chantebise au cours de cette journée. Elle paraphrasa donc ce qu'elle avait déjà dit trente fois. Les Chantebise ne changeaient jamais de programme dominical : petit déjeuner ennuyeux, messe suivie sottement, déjeuner chez « Madame Mère » qui distillait son venin, jeu de société à quinze heures et, enfin, promenade collective et obligatoire. Ma gaieté acheva de se dissiper.

Nous dînâmes devant la télévision. Laure désirait regarder un film. La tristesse me gagna. J'avais le sentiment d'enfiler les costumes avachis de ses parents avec vingt ans d'avance.

— Tu as trouvé un stage pour Sciences-Po ? me demanda-t-elle au cours d'une interruption publicitaire.

— Non.

— C'est important pour ton C.V., tu sais. Si tu veux, mes parents pourraient te pistonner pour que tu obtiennes un stage chez L.M.O. Dublanc, la boîte de chauffe-eau. Ce serait pas mal si, par la suite, tu pouvais entrer chez eux, non ? ajouta-t-elle gentiment.

Mon curriculum vitae, une entreprise de

chauffe-eau, Sciences-Po... tout cela était si éloigné de moi, si loin de l'existence funambulesque et passionnée de Fanfan. Étais-je venu sur la croûte terrestre pour vendre des chauffe-eau ? La délicieuse Laure me donnait tout à coup envie de vomir.

Nous négociâmes ensuite l'organisation de notre mariage. Elle ne cédait rien. Je haussai le ton. Nous eûmes une altercation.

Laure avait en tête de commander des faire-part conformes aux niaiseries qu'exige la tradition. Elle entendait convier à nos noces la totalité de sa smala et, de surcroît, avait décidé que nous déposerions une liste de mariage qui ne comporterait que de la vaisselle, chez un commerçant réputé chic et cher qui fournissait sa famille depuis sept générations. Ma tristesse se changea en irritation. Elle voulait également me voir porter le grand jour un frac modèle croque-mort. Mon irritation tourna à l'animosité.

Je pressentais l'importance de ce conflit. Capituler signifiait renoncer pour toujours à conduire mon existence. Laure aurait vu dans ma docilité un encouragement à renforcer son emprise sur notre vie commune. Il m'aurait ensuite fallu accepter les vilains tapis que sa mère ne manquerait pas de nous refiler, et d'autres choses plus terribles encore. Aussi ne pliai-je pas.

Avant de nous coucher, Laure urina bruyamment dans les chiottes qui jouxtaient notre chambre, en laissant la porte ouverte ; puis elle péta sans vergogne. Depuis que nous avions **arrêté** la date de nos noces, elle se surveillait moins. Il lui arrivait également de roter devant moi, sous prétexte qu'elle avait « des gaz dans l'estomac ».

Au lit, je n'avais nul besoin de songer à une locomotive pour me garder de la toucher. Ce que signifiait le mot « couple » m'écœurait soudain. Être tenu de coucher dans le même pucier que Laure pendant le prochain demi-siècle me glaçait.

Ma chaste aventure avec Fanfan me rendait à présent insupportables les relâchements que je tolérais auparavant. Demeurer fidèle pour rompre avec les mœurs verdelotiennes et me protéger des élans que m'inspirait Fanfan me parut absurde. N'avais-je pas vaincu mes ardeurs, la nuit précédente, avec le seul secours de ma volonté ? Ni l'image de Laure ni la conscience de lui être lié ne m'avaient été utiles.

Mais avais-je le courage de me défaire de Laure ? L'interrogation me taraudait. J'étais immensément peiné à l'idée de répéter l'échec de mes parents, moi qui avais tant espéré me soustraire à cette fatalité qui semble peser sur les amours modernes.

Laure voulut se blottir contre moi. Ce contact était si pauvre au regard des frôlements qui m'avaient permis, la veille au soir, d'éprouver si intensément la douceur et le moelleux de la chair de Fanfan !

Devais-je délaisser promptement Laure ou accorder un sursis à notre histoire ?

Je m'endormis lâchement sur cette question.

Le lendemain matin, je tombai en arrêt sur mon palier face à un homme blond qui sortait de l'appartement de ma mère.

Je l'avais déjà aperçu à plusieurs reprises au cours de dîners chez elle. Il m'avait été présenté comme « un ami ». Je l'avais surpris posant sur elle des regards insistants. Sa tournure de reporter habitué à s'étonner – « Je suis payé pour exercer ma curiosité! » avait-il dit un soir – prévenait en sa faveur. Son visage de jeune quadragénaire était marqué par une retenue très protestante qui disparaissait parfois sous l'effet d'enthousiasmes extraordinaires.

Devant moi, pas peu embarrassé, il afficha un air contraint. Je lui rendis son salut, comme si je craignais de lui devoir quelque chose. Nous pénétrâmes dans l'ascenseur.

Le silence dura jusqu'au rez-de-chaussée.

Au terme de ce trajet vertical, mes dispositions envers Laure étaient inversées. Ce brusque rappel de Verdelot me troublait jusqu'aux os. Le monde venait encore de trembler. A nouveau je me mis à souhaiter un couple immobile. Je pardonnai à Laure son appartenance au clan Chantebise, son entreprise de chauffe-eau, sa tyrannie domestique et ses flatulences.

Lorsque l'ascenseur s'arrêta, j'acceptai en moi-même qu'elle commandât ses faire-part dérisoires et qu'elle invitât à notre mariage toutes les branches de son arbre généalogique.

Après tout, Laure était charmante et n'était pas seule responsable de la dégradation de notre amour. Il m'arrivait certains soirs de me conduire comme un mari. Je ne savais pas toujours entendre ce qu'elle tentait de me dire et oubliais parfois de mettre des sentiments dans notre quotidien.

Pourtant, j'espérais de toutes mes forces participer à une idylle sublime et durable. Je désirais demeurer le Prince Charmant d'une élue jusqu'à ce que la mort m'emporte.

L'unique issue était bien de garder mes distances avec Fanfan, afin qu'elle au moins conservât de moi une image fidèle à l'idée de l'amant à laquelle j'aspirais. Je voulais qu'une fille me crût un amant parfait et capable de toujours séduire.

Et puis, pour parler vrai, je n'avais pas le courage d'entrer dans l'existence de Fanfan. Laure, elle, n'exigeait rien de moi. Il suffisait que je suive mes études à Sciences-Po, que je sois prêt à vendre des chauffe-eau jusqu'à l'âge de la retraite et que je lui fasse l'amour de temps à autre, par-devant, sur un lit et en m'appliquant, pour qu'elle se

96

montre satisfaite de mes services. Tandis que Fanfan m'obligerait à enfourcher mon destin. Oh, elle était trop fine pour user de l'impératif... Mais elle saurait me rappeler que j'étais né pour devenir Alexandre Crusoé et non un autre. Elle-même s'efforçait de pénétrer dans ses rêves. Elle n'aurait pas compris que je ne me jette pas également à l'eau.

Or mes aspirations secrètes m'inquiétaient. Je souhaitais corriger la réalité qui m'a toujours paru insoutenable en écrivant pour le théâtre. Une fois, j'avais essayé de composer une pièce, à l'insu de tout le monde. Si j'avais été découvert, j'aurais été aussi gêné qu'un puceau surpris en train de se masturber. Affolé, j'avais brûlé le premier jet après avoir rédigé la dernière scène. Tout aurait été différent si le cancer de mon père l'avait emporté; mais il était bien là, et son existence d'écrivain me terrorisait. Sa quête d'un absolu qu'il n'apercevait qu'en provoquant des déséquilibres m'effrayait. Je ne voulais à aucun prix marcher sur ses traces et redoutais de rencontrer mes peurs de petit garçon en laissant filer mon stylo sur des feuilles blanches. Laure, elle, ne me poussait pas vers le dramatique auteur qui végétait en moi. Elle me préférait salarié d'une entreprise de chauffe-eau. Certes, elle n'avait pas l'attrait de la libre Fanfan, mais je me sentais protégé dans ses bras.

Mon intention de lui demeurer fidèle fut confirmée peu après ma rencontre fortuite dans l'ascenseur. Je déjeunai le même jour avec mon père qui ne trouva rien de plus spirituel que de me lancer :

– Si un jour tu écris, tâche d'avoir plusieurs maîtresses, comme ça tu auras davantage de chances d'être quitté et donc d'être malheureux!

Je sus alors que je n'écrirais jamais et que je resterais éternellement monogame.

Quelques jours plus tard eut lieu la projection de deux des films de Fanfan, dans le salon de mon père, devant un producteur de cinéma qui répondait au nom de Gabilan.

Gabilan était riche d'assez de dettes pour être pris au sérieux par les banques. Périodiquement, il faisait courir le bruit de son prochain départ pour l'Italie. Alertés, les banquiers parisiens se bousculaient alors dans son bureau pour lui fournir davantage de capitaux afin qu'il continuât d'exercer son métier en France. Ils espéraient ainsi recouvrer une partie de leurs avoirs. Installé en Italie, Gabilan ne leur aurait jamais rendu un sou.

Lorsque par extraordinaire un de ses films ne perdait pas d'argent et que le distributeur lui remettait un joli chèque, Gabilan s'en allait négocier cette somme avec chacun de ses banquiers. Celui qui avait le bon goût de rééchelonner sa dette à des conditions favorables recevait l'argent. Quant aux autres, il ne les invitait plus à déjeuner pendant six mois pour les punir et leur signifier leur disgrâce.

D'une corpulence grasse et affaissée, Gabilan, heureux d'être né, ignorait superbement ses difficultés financières. Le cinématographe lui semblait un rêve que les banquiers devaient soutenir à grands frais.

Le tempérament de Fanfan lui plut. Ses deux films tournés en Super 8 – le western et l'un des films fantastiques – l'éblouirent. Je le crus sincère, car Gabilan n'était pas homme à mentir lorsqu'il n'en avait pas besoin. Il assortit d'ailleurs ses compliments d'une offre qui assomma Fanfan de bonheur :

– Sur mes deux prochains films vous serez seconde assistante, puis première sur le suivant. Je veux vous habituer à de véritables équipes de tournage. Ensuite je produirai votre premier film en 35 mm, ça vous va ?

Fanfan sauta au cou du gros Gabilan et l'embrassa sur les joues. Il en demeura tout pantois.

Mon père, lui, avait surtout l'air ébloui par la beauté mirobolante de Fanfan. Je n'aimais pas la petite flamme qui troublait ses yeux quand il la fixait. Ses éloges me parurent plus suspects que ceux de Gabilan à qui l'on ne connaissait pas d'autre vie affective que son incroyable passion pour les reptiles venimeux. L'amour de sa vie s'appelait Marcel, un cobra qui dépassait les cinq mètres de long.

Dès que Gabilan se fut retiré, papa commença à charmer Fanfan comme si je ne me trouvais pas là. Il se montra drôle, extravagant et plein d'esprit. Il savait susciter en quelques secondes chez ses interlocuteurs l'envie de lui plaire. Fanfan le considérait avec fascination. Ils appartenaient à la même race. Tous deux étaient des gens de cinéma. L'un et l'autre osaient passer outre à leurs peurs. Paniqué, je saisis Fanfan par le bras et l'entraînai loin de la séduction de mon père.

Dans la rue, Fanfan laissa éclater sa joie. Gabilan venait de la combler. Pendant un quart d'heure ce ne fut que cris d'allégresse, exclamations de ravissement, incursions dans un avenir nettoyé de ses nuages, sourires, remerciements au destin, à moi, à la vie.

Nous déambulâmes ensuite de boutiques en magasins comme si nous avions eu des disponibilités en rapport avec nos désirs. Mon compte en banque était modestement garni et celui de Fanfan avait depuis longtemps été liquidé par une série de chèques en bois ; mais nous jouions à être riches, à choisir des vêtements que nous ne pouvions qu'imaginer dans nos placards.

Fanfan s'étonna de mon plaisir à « faire les boutiques ». Peu de garçons, il est vrai, se livrent de bonne grâce à cette activité. Je n'osais lui dire que, dans les vitrines, je ne regardais que son reflet et, lorsqu'elle essayait une robe, je ne m'extasiais que devant sa silhouette. Je contemplais alors ses formes, avec l'alibi d'admirer une coupe.

Nous prîmes le métro pour aller visiter d'autres magasins dont elle raffolait. Par chance, les rames étaient pleines. Serré par les populations qui nous environnaient, je pus coller mon corps contre le sien et éprouver avec délice la fermeté de ses seins. Je me mordais les lèvres pour ne pas l'embrasser et mis les mains dans mes poches afin de prévenir tout geste qui aurait pu m'échapper. Lassée de voyager debout, Fanfan se pencha vers un homme qui était assis et lui murmura avec gentillesse :

— Si vous me donniez votre place, j'en serais vraiment très contente. Je suis fatiguée.

Touché par sa douceur, l'homme lui céda son strapontin.

— Merci beaucoup, fit-elle en souriant.

Fanfan savait simplifier la vie. Elle était affranchie des appréhensions qui brident la plupart des êtres humains. La liberté qu'elle s'octroyait à chaque instant me fascinait.

Je lui parlai alors d'une Laure que j'aurais récemment rencontrée et qui, dis-je en feignant d'être troublé par son souvenir, ne m'était pas indifférente.

— Pour une fois, je crois être tombé sur une fille qui partage les mêmes rêves que moi.

Je me gardai bien de lui préciser si cette Laure était ma maîtresse. Ce doute paraissait la miner. J'en étais ravi. Mais pour lui épargner d'excessives souffrances, je glissai négligemment que j'ignorais si cette Laure valait la peine d'être conquise. L'œil de Fanfan se ralluma.

Au sortir du métro, elle m'emmena dans une boutique de lingerie féminine. Comme pour me faire oublier Laure, elle essaya tous les sous-vêtements susceptibles de m'émoustiller, passa et repassa devant moi en affectant des airs d'ange inconscient du pouvoir de ses formes. Afin de ne pas m'évanouir de désir, j'évoquais à nouveau en imagination cette locomotive à vapeur qui m'avait tant aidé lors de notre nuit viennoise. Quand Fanfan me parlait, je tâchais de couvrir ses paroles du bruit des bogies. Les vendeuses nous prenaient pour des amants. Fanfan était enchantée. La concupiscence m'asphyxiait.

Je prétextai une conférence à Sciences-Po et la quittai avant que les digues de ma volonté ne cèdent. Fanfan me regarda m'en aller avec une stupéfaction béate sur le visage, dans les yeux et dans toute son attitude. Elle ne semblait pas comprendre qu'on pût résister au déploiement de ses charmes. Sans doute m'en voulut-elle. Il y eut probablement un désir de revanche dans la persévérance qu'elle mit ensuite à me séduire.

Seul dans la rue, je fus gagné par un étrange malaise. Peu à peu, je m'en expliquai la cause. Cet après-midi s'était écoulé tel un songe délicieux. Nous avions joué à être riches mais étions restés dans le faux-semblant. J'éprouvais un irrépressible besoin de briser la vitre qui me séparait encore de mes rêves, de les faire entrer dans ma biographie. Je ne voulais plus me contenter de n'être un prince que dans des décors de cinéma. J'avais soif de retrouver le vertige qui m'avait saisi lorsque j'étais parti cueillir un edelweiss dans les Alpes. Fanfan m'avait converti à sa devise : il faut oublier le conditionnel.

Je revins donc sur mes pas et, dans chacune des boutiques où nous étions entrés, j'achetai les chemisiers, les robes et les pantalons de toile qui lui avaient plu. Je signai avec délices une série de chèques sans provision en m'étonnant qu'il fût aussi facile de s'échapper de la réalité. Demain viendraient les ennuis; mais pour l'heure je me sentais libre, porté par mon audace, heureux d'exister. Je ne me reconnaissais plus. Étais-je encore le sage étudiant de Sciences-Po soucieux de modération ? Mon conformisme craquait et laissait apparaître l'énergumène excessif et passionné qui sommeillait en moi, celui qui m'a toujours inquiété.

Je déposai deux énormes sacs chez la concierge de Fanfan, « pour Mlle Sauvage », et filai en jubilant à l'idée qu'elle découvrirait dans ces sacs en plastique les preuves tangibles de mon pouvoir de convertir les désirs les plus fous en réalités. Je venais de compliquer ma vie de trente-deux mille trois cents francs de dettes – je me souviendrai longtemps de ce montant – et pour moi, surtout à l'époque, cette somme demeurait abstraite.

J'avais acheté en deux exemplaires les ravissants sous-vêtements choisis par Fanfan et, le soir, priai Laure d'enfiler ceux qui me restaient, avec l'espoir que cette lingerie me procurerait l'illusion de m'endormir auprès de Fanfan. Touchée, Laure se plia à mes instances. Elle croyait que ce cadeau était un hommage à la beauté de son corps qui, il est vrai, n'était pas mal roulé, même si sa complexion ne souffrait pas la comparaison avec celle de Fanfan.

Cette nuit-là, Laure se montra téméraire. J'en fus content; mais chacune de ses attentions me semblait moins exquise que celles que Fanfan aurait pu me prodiguer.

Le lendemain, Fanfan me télégraphia ses remerciements en ces termes : *Tu as oublié le petit tailleur blanc – Stop – Amitiés ? – Stop – Fanfan.*

Malgré cette négligence, ma trésorerie avait été sérieusement obérée. Je courus donc solliciter un prêt étudiant auprès de mon banquier. Affable, l'homme rajusta sa cravate et ouvrit les vannes du crédit. Il m'accordait un délai de grâce de deux ans – jusqu'à la fin de mes études – avant d'exiger le retour des fonds ; mais il assortit son geste d'un sous-entendu qui disait clairement que sa complaisance s'arrêterait là.

Puis il ajouta :

– J'avoue être un peu étonné par vos dépenses si soudaines. Trente-deux mille trois cents francs... d'un coup. Vous m'aviez habitué à plus de sagesse. Que s'est-il passé ?

– Avez-vous déjà été amoureux, monsieur, vraiment épris ?

Notre entretien s'arrêta là. Mon banquier ignorait ce que le mot passion veut dire.

Je venais de m'endetter pour les prochaines années. J'étais cependant assez fier de m'être ainsi chargé par amour, et non pour acheter une machine à laver.

Je poussai ensuite jusqu'au domicile de mon père chercher la carte grise de sa voiture qu'il avait fait inscrire à mon nom et à l'adresse de mon studio, non pour m'offrir ladite automobile mais afin d'aiguiller chez moi les contraventions que je collectais volontairement lorsque je la lui empruntais. Naturellement je ne les réglais pas. J'avais imaginé ce procédé pour le punir quand il m'exaspérait. Dès que je l'apercevais au bras d'une nouvelle maîtresse, je prenais sa voiture et la garais sur un passage réservé aux piétons. Il lui en coûtait généralement deux cent trente francs. Au début, il avait tenté de m'obliger à les payer. Je laissais traîner. Les huissiers finissaient par frapper à sa porte. Il s'acquittait donc de ces contraventions que j'estimais méritées. Il essaya également de m'interdire l'accès de sa voiture; mais je possédais un double de la clef qui se révélait introuvable lorsqu'il me le réclamait. Depuis que je pratiquais ces subtiles représailles – dont il ne soupçonnait pas la cause – mon père était fort piqué contre moi.

Dans l'entrée de l'appartement, j'aperçus Anatole qui m'informa que papa jouait dans son bain avec un masque et un tuba. Il l'attendait.

Anatole Machecourt me subjuguait et me terrifiait, au superlatif. Ses amis l'avaient surnommé

Titanic, car pendant plus de vingt ans il n'avait cessé de sombrer en fréquentant assidûment l'héroïne ; puis il avait refait surface. On le disait insubmersible, comme le grand navire.

Titanic était singulièrement différent du patron commun aux hommes, tant par son physique faunesque que par son âme trouble. Ses vices étaient cyclopéens, sa scélératesse sans borne. Il tenait pour acquis que tout individu est disponible pour le mal et s'en félicitait. Sa pugnacité à pervertir les êtres était inlassable. C'était une fatalité de son caractère. Il se grisait de coucher avec des femmes amoureuses de leur mari et jouissait de les voir ainsi dérailler. A ses yeux, une nonne était une putain qui s'ignore et qu'il convenait de révéler à elle-même en la rendant si possible à sa véritable vocation : le trottoir. Quand il voyait une vieille dame donner un bonbon à un enfant, il se demandait si la friandise n'était pas empoisonnée, et lorsqu'il caressait un chien, il avait toujours une lueur ambiguë dans le regard. J'appris plus tard que sa vie sexuelle ne connaissait d'autres limites que celles de son imagination. Il ne dédaignait aucune branche du règne animal : femmes, hommes, tortues et petits mammifères composaient sa pitance et il ne manquait jamais d'entreprendre qui le tentait. Je l'ai même vu faire en public des avances à un ancien Premier ministre octogénaire qui pâlit tant qu'on crut sa dernière heure arrivée.

Dans la bouche de Titanic, le sens des mots

était falsifié. Aimer voulait dire mentir, embrasser signifiait trahir, complimenter était synonyme de flagorner, user avait l'acception d'abuser. Les seules choses qui fussent vraies dans sa personne étaient son air faux et sa sublime amitié pour mon père, son petit coin de pureté.

Papa devait être sensible à la vénération que Titanic lui vouait; et puis, sans doute était-il lui aussi fasciné par ce démon qui savait par cœur toute l'œuvre de Tolstoï et dont la mémoire colossale possédait en stock le meilleur des grands auteurs. Il était capable de psalmodier des passages de *La Divine Comédie* pendant des heures.

Polygraphe infatigable, Titanic exerçait ses talents sous trois formes. Il écrivait des romans dans un style luxueux et flamboyant, jonglant avec un vocabulaire plus étendu que celui que contiennent les dictionnaires, car il n'hésitait pas à fabriquer des mots en piochant dans le latin et le grec ancien, deux langues qu'il parlait presque couramment. Il rédigeait également des articles pour un magazine à grand tirage dans un français d'un classicisme parfait; et puis, c'était lui qui confectionnait pour une revue pornographique les lettres-témoignages des lecteurs, ainsi que les conseils ahurissants d'un soi-disant sexologue.

Tout cela aurait été fort pittoresque s'il avait été inoffensif; mais ce beau diseur ne l'était pas. Oh, certes, il n'aurait jamais forcé personne à quoi que ce fût. Il préférait circonvenir les êtres avec virtuosité, tirer parti de l'illusion séduisante de son personnage ainsi que de son verbe somptueux pour jouer de sa funeste influence. A ses côtés, on se mettait à penser des choses terribles. On disait des paroles qu'on n'aurait jamais proférées loin de lui. Il réveillait chez ses interlocuteurs les noirceurs endormies et ramollissait leur conscience en les autorisant à être lâches ou fourbes. Il était d'autant plus dangereux qu'il entrait dans la vie des gens sans frapper. Il surgissait généralement au moment où l'on était prêt à l'entendre et ne desserrait plus l'étreinte qu'il exerçait sur votre esprit s'il se sentait capable de vous entraîner sur sa pente.

Ce soir-là, il eut sans doute l'intuition de mon impécuniosité car il me dit, comme pour rire, qu'avec cette carte grise à mon nom je pourrais désormais mettre en gage la voiture de mon père, si je me trouvais un jour désargenté. Je m'abstins de lui répondre.

J'embrassai mon père, pris la carte grise sur son bureau et m'enfuis en essayant d'oublier cet inquiétant Titanic et sa vilaine suggestion.

L'image de Fanfan me revenait comme un refrain et, pendant quelque temps, je vécus dans cette fièvre qui consume ceux qui espèrent tout d'un baiser. Les fibres de mon être se desserraient pour accueillir ce sentiment d'attente que je me complaisais à cultiver.

Je n'aspirais pas à l'amour et à sa mutualité de sentiments faite de tendres attentions, mais aux coups de sang qui permettent d'oublier la routine, gomment l'ennui et relèvent l'exercice de la vie; et, pour la première fois, j'avais la sensation que la passion ne me quitterait plus.

Peu à peu, mon brûlant équilibre fut perturbé.

Fanfan avait beau être le point de mire de la plupart de mes pensées, je partageais toujours le même lit que Laure. J'eus bientôt du mal à soutenir son regard. Mon caractère entier s'accommodait mal d'émotions clandestines. J'éprouvais les violentes palpitations que cause la certitude d'être en faute. Par un curieux effet de mon esprit, j'envisageai alors mille choses avec Laure, comme si ces projets avaient pu racheter l'inclination que je ressentais pour Fanfan. Je meublais notre avenir pour me persuader qu'il aurait bien lieu mais supportais de plus en plus mal mon secret que je considérais comme un mensonge.

Et puis j'avais enflammé mes sens et, assez vite, ne maîtrisai plus l'incendie. J'étais frappé d'hébétude, en proie à un désir impérieux et abrutissant, perdu des après-midi durant dans la dégustation de voluptés chimériques. La langueur m'envahissait. Je m'imaginais discutant avec Fanfan des nuits entières et lui confiant l'Alexandre que je cachais à Laure. Mes élancements vers des plaisirs perpétuellement repoussés m'annihilaient.

Progressivement, je perdis tout sens commun. Je négligeais de me nourrir, de dormir et même de faire semblant de m'intéresser au quotidien. J'égarais mes clefs et sortis deux fois d'un café sans régler l'addition. Lorsque je ne loupais pas un rendez-vous, mon retard était tel qu'il m'étonnait. Mes études s'éloignèrent doucement. Je n'assistais à quelques cours de Sciences-Po que pour m'y goberger à mon aise, en me laissant aller à des songeries dans lesquelles je vivais enfin avec ma Fanfan, spontané et libéré de mon enfance. Mes dévorantes agitations ruinaient les maigres efforts que je dépensais pour suivre le professeur. L'étudiant raisonnable, ponctuel et appliqué que j'avais été n'était plus qu'un souvenir. Parfois, je me demandais comment j'avais pu changer de comportement en aussi peu de temps.

Laure s'inquiéta de mon état et m'envoya montrer mon corps à un médecin qui, bon commerçant, me découvrit une maladie. Rassurée, elle attendit que le traitement prescrit me rétablît.

Je ne pouvais ni aimer Fanfan ni parler d'elle. M'ouvrir à un ami m'aurait été pénible. Qu'un proche me sût infidèle à Laure, même en esprit, m'aurait renvoyé l'image de moi-même à laquelle j'espérais échapper.

Je me mis alors à douter du bien-fondé de ma détermination. Pourquoi ne pas me résoudre à étreindre Fanfan? Il m'était impossible de continuer ainsi à ployer sous le fardeau de sentiments qui s'exaspéraient dans le vide. Mais quelle que fût l'acuité du manque, je jouissais de cette acuité même. Aussi ne pouvais-je me résigner à interrompre ces préludes.

La littérature, le théâtre et le cinéma m'enseignaient que s'il demeure quelque ivresse aux amants après le premier baiser, ce n'est que pâle contrefaçon des griseries qu'ils ont connues dans le pressentiment de l'amour. Les obstacles à leur vie commune qu'inventent auteurs et scénaristes ne sont là que pour faire oublier cette vérité amère : la passion expire quand l'espérance est morte. Et puis, mes tourments passés justifiaient ceux qui me guettaient. Je refusais d'avoir souffert en vain jusque-là.

Mieux valait essayer de tempérer ma convoitise. Mon souhait n'était pas d'atteindre à l'indifférence envers Fanfan, mais de me débarrasser de ce surplus de concupiscence qui m'accablait. A cette fin, j'eus l'idée de jeter sur un cahier les rêves érotiques qui se pressaient dans mon cerveau, ainsi que des scènes imaginaires de la vie commune que nous aurions pu mener. Je voulus ensuite croire au pouvoir analgésique de la masturbation pour endormir mes sens irrités par ces atermoiements. Après de brèves accalmies, ces tentatives aboutirent à des échecs. Mes reins s'embrasaient de nouveau. J'avais besoin que le regard de ma Fanfan fût posé sur moi.

Je ne voyais plus comment atténuer la force de mes élans quand, un jour que j'avais échoué dans un cours de Sciences-Po, un professeur de marketing retint mon attention. Je l'écoutai avec intérêt :

– ... Pavlov a mis en lumière les réflexes conditionnés qu'on peut utiliser en publicité, en se livrant à des expériences sur des chiens. Il avait remarqué que si l'on donne à manger à un chien en faisant retentir une sonnette au même moment, un certain nombre de fois, le temps de conditionner le chien, il suffit ensuite d'actionner la sonnette pour que le chien salive. Il n'est plus nécessaire de lui donner de la nourriture pour stimuler ses glandes salivaires.

Frappé par cette découverte, je formai le projet de me « conditionner » moi-même; mais, contrairement au dessein de Pavlov, le mien était de ne pas saliver lorsque je me figurerais le charmant profil de Fanfan. Il me faudrait donc substituer à la sonnette une sensation déplaisante.

Telles étaient les idées folles que m'inspirait le besoin d'échapper à d'intolérables ardeurs.

Je retournai chez moi avec une joyeuse promptitude, descendis dans la cave de l'immeuble et plaçai le vélo de ma mère sur sa selle. Je dénudai ensuite les fils de la dynamo et les fixai sous mes ongles; puis je m'apprêtai en laissant venir à moi l'image radieuse de Fanfan et, d'un coup de pédale, m'électrocutai légèrement. (Mettre les doigts dans une prise de courant m'avait semblé excessif.) Je répétai l'opération une dizaine de fois, hurlant à chaque reprise; quand soudain la porte de la cave s'ouvrit. Le concierge apparut, la mine stupéfaite. Mes glapissements avaient dû l'alerter.

— Qu'est-ce que tu fais, monsieur Crusoé? dit-il avec un accent qui fleurait l'Algérie.

Gêné, je retirai les fils de dessous mes ongles et lui expliquai mes difficultés à réparer cette bicyclette. Il me regarda tout de même de travers.

Je ne sus jamais si le conditionnement constituait un remède efficace contre les morsures de la passion; mais de toute façon mon inclination était trop vive pour qu'un Pavlov pût la modérer.

Fanfan ne cessait de me captiver.

Parfois je me disais : Pourquoi n'as-tu pas une aventure brève et clandestine avec Fanfan ?

N'est-ce pas de cette façon que la plupart des maris soulagent leurs désirs ? Ce genre de parenthèse ne bouleverse pas leur ménage. Ils négocient un compromis avec leur conscience et volent ainsi un peu de plaisir à la vie avant que la vieillesse ne les rattrape.

J'aurais été ravi d'avoir cette insouciance.

Mais faire de moi un amant aurait réveillé mes angoisses verdelotiennes. La seule idée de commettre un écart me jetait dans des affres terribles.

Je n'ai jamais su aimer à moitié et envie ces hommes qui savent embrasser une fille sans rien promettre, ces garçons pour qui l'amour est un passe-temps délicieux. Souvent j'ai rêvé d'être frivole. Ma gravité me pèse. Sans doute cela me vient-il de mes parents. Leur polygamie ne fut jamais légère. J'ai toujours éprouvé le besoin de mettre un peu d'éternité dans mes sentiments.

116

Basculer Fanfan un soir et la remercier le lendemain ou quelques jours plus tard me paraissait inconcevable, parce que c'était elle. Peut-être aurais-je pu coucher une nuit avec une autre fille; mais Fanfan n'était pas une simple rencontre. Elle était celle pour qui j'étais né.

Je pressentais que notre liaison achèverait mon histoire avec Laure et nous conduirait inéluctablement vers une existence commune. Or je ne voulais pour moi et Fanfan que l'enchantement de la passion naissante. La vie de couple me semblait un péril trop grand.

Certes, je pourrais toujours quitter Fanfan dès que notre idylle montrerait ses premiers signes de faiblesse. Mais je l'adorais trop pour lui infliger une telle désillusion et estimais criminel de m'engager en sachant qu'il me faudrait tôt ou tard interrompre notre commerce pour le protéger de l'usure du temps.

Et puis la libre Fanfan m'inquiétait. Je savais qu'en face d'elle, il me faudrait écrire...

Laure partit en week-end chez ses parents.

Vaincu par la nécessité, je donnai rendez-vous à Fanfan le samedi à dix-huit heures, chez moi. Je prétendis avoir besoin de son aide pour répéter une pièce que je jouerais au mois de juin avec la troupe de Sciences-Po. J'étais trop rempli d'elle pour supporter longtemps son absence et me sentais la ressource d'étouffer les désirs qu'elle m'inspirerait; du moins voulais-je m'en croire capable. N'avais-je pas déjà plusieurs fois interdit à mon amour de passer de mon cœur sur mes lèvres?

Je présumais trop de ma volonté et ne le savais pas encore.

Seul comptait mon appétit de vivre. J'en avais assez de me sevrer de tout. Mon envie de la voir prima mon sentiment de culpabilité.

Le samedi, à dix-huit heures, j'avais fait disparaître les effets de Laure. Fanfan entra. Son apparence ne me troubla pas. Mon souffle demeura calme. Je n'eus pas à me violenter pour vaincre mes sens.

Après lui avoir servi une tasse de thé, je la priai de monter sur un tabouret et de se glisser dans la peau de Juliette lorsque Roméo vient lui parler sous ses fenêtres, dans le jardin de Capulet, son père ; puis je lui tendis un exemplaire de la pièce.

Naturellement, je n'avais pas le projet de représenter Roméo et Juliette avec mes condisciples de Sciences-Po. Mais le prétexte n'était pas gratuit. Je désirais emprunter à Shakespeare, l'espace de cette soirée, les mots d'amour que nous ne pourrions jamais échanger.

Fanfan feignit de ne pas l'avoir compris.

Je lui expliquai que, dans la pièce, Juliette venait d'être surprise, la nuit, déclamant sa passion pour Roméo qui, dissimulé sous sa fenêtre, n'y tenant plus, avait fini par se montrer. Je lui demandai ensuite de ne pas hésiter à corriger ma diction et les inflexions de ma voix, sans lui révéler que dans cette scène Juliette en disait plus que Roméo...

Je m'approchai de Fanfan et la fixai avec émotion, sans difficulté. Debout sur le tabouret, elle attaqua, texte en main :

– « Quel guide as-tu donc eu pour arriver jusqu'ici ? »

– « L'amour, qui le premier m'a suggéré d'y venir : il m'a prêté son esprit et je lui ai prêté mes yeux... »

Je continuai ma tirade, ravi de constater que le visage de Fanfan trahissait d'éloquentes traces de passion. Le verbe de Shakespeare agissait.

Elle poursuivit :

– « Tu sais que le masque de la nuit est sur mon visage ; sans cela, tu verrais une virginale couleur colorer ma joue, quand je songe aux paroles que tu m'as entendu dire cette nuit. Ah ! je voudrais rester dans les convenances ; je voudrais, je voudrais nier ce que j'ai dit. Mais adieu les cérémonies ! M'aimes-tu ? Je sais que tu vas dire oui, et je te croirai sur parole. Ne le jure pas : tu pourrais trahir ton serment ; les parjures des amoureux font dit-on rire Jupiter... Oh ! gentil Roméo, si tu m'aimes, proclame-le loyalement : et si tu crois que je me laisse trop vite gagner, je froncerai le sourcil, et je serai cruelle, et je te dirai non, pour que tu me fasses la cour : autrement, rien au monde ne m'y déciderait... En vérité, beau Montaigu, je suis trop éprise, et tu pourrais croire ma conduite légère ; mais crois-moi, gentilhomme, je me montrerai plus fidèle que celles qui savent mieux affecter la réserve. J'aurais été plus réservée, il faut que je l'avoue, si tu n'avais pas surpris, à mon insu, l'aveu passionné de mon amour : pardonne-moi donc et n'impute pas à une légèreté d'amour cette faiblesse que la nuit noire t'a permis de découvrir. »

A ce stade, Fanfan et moi étions déjà plongés dans un maelström qui rendait difficile de contrarier longtemps nos élans. Je continuai, avec l'espoir que tant que mes lèvres articuleraient des mots elles ne se poseraient pas sur celles de Fanfan ; mais plus nous avancions dans la scène, plus le besoin de l'embrasser devenait une torture.

– « ... Bonne nuit, bonne nuit, me dit-elle en frémissant. Puisse le repos, puisse le calme délicieux qui est dans mon sein, arriver à ton cœur! »

– « Oh! vas-tu donc me laisser si peu satisfait? » clamai-je avec une sincérité qui n'était guère simulée.

– « Quelle satisfaction peux-tu obtenir cette nuit? »

– « Le solennel échange de ton amour contre le mien », dis-je en posant ma main sur la sienne.

Elle frissonna violemment. Nos deux corps appelaient la délivrance d'une étreinte; mais Fanfan trouva l'énergie de temporiser encore en me répondant ce que ce Shakespeare lui dictait :

– « Mon amour! Je te l'ai donné avant que tu l'aies demandé. Et pourtant je voudrais qu'il fût encore à donner. »

– « Voudrais-tu me le retirer? Et pour quelle raison, mon amour? »

– « Rien que pour être généreuse et te le donner à nouveau... »

Cette dernière phrase chassa ma détermination. Je ne pouvais plus surseoir à ma déclaration. Mes sentiments devenaient incompressibles.

– Fanfan..., dis-je avec une force de passion qui la fit trembler.

Je n'eus pas le temps d'aller plus avant. La porte s'ouvrit brusquement. Laure apparut, la mine défaite.

– Fanfan, repris-je, soudain paniqué, ai-je mis le ton qu'il fallait? Ah, c'est toi?

121

– Bonjour, lâcha Fanfan, brusquement refroidie.

– Laure, ma fiancée, avec qui je vis ici. Fanfan, une amie metteur en scène qui a la gentillesse de me faire répéter une pièce.

– Tu fais du théâtre, à présent? me lança perfidement Laure.

– Oui, je viens d'entrer dans la troupe de Sciences-Po.

Je sentais que ma position équivoque était difficile à sauver; mais je pris le parti d'affirmer mon innocence en ne la plaidant pas. Je poussai même le culot jusqu'à prier Laure de nous laisser terminer notre répétition.

– Nous en avons encore pour une demi-heure. Tu peux m'attendre dans un café en bas?

Il ne me fallait pas plus de trente minutes pour demander sa main à Fanfan et lui expliquer que Laure n'était pour moi qu'un souvenir, un fâcheux malentendu. J'étais las de résister toujours au penchant qui m'entraînait vers Fanfan, d'ajourner constamment les extases d'une passion physique, de retrancher de mon cerveau les pensées téméraires qui m'assaillaient lorsque je la voyais et de vivre avec elle en esprit. Autant rejeter maintenant ma résolution, puisqu'il était impossible d'éviter les exigences de son corps dans cet âge où les sens ont tant d'emprise sur les actes. Je la voulais pour femme. Elle était celle qui me ferait aimer la réalité, qui saurait m'obliger à devenir moi-même. Je désirais participer à sa vision du

122

monde, la fatiguer d'amour jusqu'à ce que la mort nous sépare et coucher enfin avec elle; et puis n'était-il pas cruel de continuer à la tourmenter?

Mais Laure refusa de décamper.

— J'ai quelque chose d'important à te dire, déclara-t-elle en affectant un air grave.

Mortifiée par l'apparition de Laure, Fanfan prétexta un rendez-vous et s'éclipsa avant que j'eusse pu réagir. Je demeurai seul avec Laure qui soudain fondit en pleurs. Elle m'annonça entre deux sanglots que ses parents allaient divorcer dans les plus brefs délais. Elle avait débarqué le matin chez eux en plein séisme familial. Sa mère venait de découvrir que son mari, l'insignifiant M. de Chantebise, jouissait dans une autre femme une fois par semaine depuis six ans, et que cette rivale ne se rasait pas les aisselles. « Je suis sûre que cette grue a du poil sous les bras! » avait-elle jeté avec dédain. « Oui », avait répondu l'infidèle.

Mme de Chantebise avait immédiatement exigé la séparation de corps et de biens.

— Maman exagère, lâcha Laure. Après tout, c'est sa faute si papa est allé voir ailleurs!

— C'est justement ce qu'elle ne lui pardonne pas.

Habitué à se soumettre aux oukases de son épouse, M. de Chantebise avait accepté de quitter le domicile conjugal. Voilà pourquoi Laure avait surgi plus tôt qu'il n'était prévu.

Cette nouvelle m'ébranla. Le couple Chantebise me paraissait l'un des mieux conservés que j'eusse rencontrés. Après vingt-cinq ans de vie commune, ils ne se haïssaient point, se parlaient encore quelquefois et, chose extraordinaire, se saluaient chaque matin. Chantebise remarquait même les nouvelles robes de son épouse, qui poussait la débauche de tendresse jusqu'à l'embrasser sur le front les jours de fête.

Le naufrage de ce ménage me fit apercevoir combien il est illusoire de croire en la pérennité de l'amour. Personne ne semblait réussir à esquiver cette fatalité qui ruine l'enchantement des préludes. L'habitude nous guette tous. Laure avait beau critiquer sa mère, elle n'était plus aussi piquante que lorsque je la courtisais. On s'imagine riche d'un avenir toujours radieux, et le mot « toujours » est toujours de trop.

Dans un sursaut, je revins à ma résolution et décidai à nouveau de ne pas toucher Fanfan. Notre passion échapperait ainsi au piège du couple. Jamais je ne m'écarterais du bonheur d'être un amant malheureux. Je préférais de loin la fleur au fruit. Mon attitude satisfaisait tous les rêves et toutes les craintes dont mon cœur était agité. Cultiver l'insatisfaction était l'unique voie. Bien sûr, j'aurais aimé savoir plaire chaque jour par moi-même ; mais je ne voyais pas comment combler Fanfan sans entretenir l'espérance qui la maintenait dans les régions chaudes de la passion.

Je remerciai le ciel. Si Laure était arrivée quelques instants plus tard, j'aurais très certainement embrassé Fanfan. Le lent déclin de notre amour aurait alors commencé. Un instant, j'entrevis toutes les conséquences de ce baiser et pris peur. Ma soif de stabilité se réveilla. Je pus donc rassurer Laure lorsqu'elle murmura en sanglotant :

– Et moi, en rentrant je tombe sur toi avec cette fille... c'est vraiment ma journée.

Je passai la soirée à la délivrer des soupçons qui l'affligeaient et à évoquer nos noces dont la date se rapprochait. Je la rassurai, l'apaisai et maquillai la réalité ; sans toutefois lui mentir car j'étais disposé à l'épouser et à lui rester fidèle, au moins physiquement. J'espérais que l'institution matrimoniale me préserverait de mes instincts.

Je savais pertinemment que mon mariage s'étiolerait et serait tôt ou tard totalement sinistré ; voilà pourquoi il m'importait de baguer celle qui n'était pas la femme de ma vie.

Ne voyez aucune trace de cynisme dans ce raisonnement ; au contraire, loin de me résigner aux déchéances qui frappent l'amour, j'étais résolu à réunir les conditions pour qu'au moins une passion – celle qui m'unissait à Fanfan – fût sauvée des eaux. Pauvre Laure... Je l'ai pourtant aimée et lui sais encore gré de m'avoir permis d'éteindre en elle mes désirs nés de Fanfan. Sans son concours, je n'aurais pu lutter contre la tentation qui maraudait constamment en moi.

Un soir que je rentrais chez nous, je trouvai notre studio plongé dans l'obscurité. Laure devait être sortie, ou n'était pas encore rentrée. Un drelin de glaçons qui se bousculaient dans un verre retint mon attention. Un briquet alluma une bougie et je découvris, à la lueur de la flamme, une affriolante jeune femme, très latine, aux oreilles pavoisées de bijoux et nippée avec somptuosité. Sa respiration faisait ondoyer une poitrine délicieusement remontée qui fixa mon regard. Elle était attablée face à un ravissant couvert dressé pour deux personnes.

– Ciao bambino! me salua-t-elle d'une voix suave, avant de terminer son verre.

Interloqué, j'allumai la lumière et demeurai un instant frappé de stupeur. Il me sembla soudain reconnaître le sourire mutin qui animait les traits de cette fille. Elle partit alors d'un fou rire. C'était Laure!

Sa chevelure châtain clair avait disparu sous une perruque noire. Son teint était assombri par un subtil maquillage. Elle me parla en laissant filtrer un léger accent italien, n'hésitant pas à souligner ses propos avec les mains. L'illusion était parfaite. Elle aurait pu sans déparer se mêler à une foule milanaise et disait répondre au prénom de Laura, qu'elle prononça Laora.

Le dîner fut un exquis tête-à-tête bercé de slows romantiques et italiens chantés par des voix enrouées comme il n'en existe qu'au-delà des Alpes. J'étais touché qu'elle eût voulu m'affriander en apparaissant autre. Elle connaissait mon goût pour les stratagèmes et savait donc me plaire en agissant ainsi. Sans doute avait-elle enfin compris qu'un amour ne peut se perpétuer sans surprises, même s'il ne peut vivre que de coups de théâtre.

J'imaginais que la rencontre fortuite avec Fanfan, quelques jours auparavant, devait être l'aiguillon qui l'avait poussée à prendre cette initiative. Fanfan était d'une beauté trop spectaculaire pour qu'elle ne me soupçonnât pas de la convoiter, malgré mes dénégations ; et puis, la récente séparation de ses parents avait dû l'inciter à entourer de soins notre amour, afin de nous éviter semblable débâcle.

Je lui débitai des galanteries avec ivresse, heureux qu'elle me permît de flirter avec cette Italienne sans attiser ma crainte d'être frivole.

Quand arriva le moment du dessert, Laura alla le chercher dans la cuisine. A son retour, elle avait changé d'aspect et de nationalité. Elle avait troqué sa perruque noire contre un postiche blond, prétendait être hollandaise et affirma s'appeler Katinka, avec un accent qui était celui d'Amsterdam. Sa nouvelle robe révélait l'arrondi de ses hanches et le galbe de ses seins libres de tout soutien-gorge. Elle chaloupa de la croupe pour m'émoustiller. J'étais grisé de posséder tant de femmes fabuleuses en une seule. Sans doute voulait-elle me faire entendre qu'elle saurait ne jamais me lasser et qu'il n'était pas nécessaire d'aller voir ailleurs.

Le délire charnel que nous connûmes ensuite reste très présent dans ma mémoire. Laure avait apparemment gagné. Elle était parvenue à ranimer nos désirs.

Elle continua, les jours suivants, à me gratifier de plaisirs inattendus et me demanda même de la saillir dans une loge de théâtre, lors d'une représentation. Je raffolais certes de ces étreintes non préméditées – du moins par moi – mais je dus mettre un frein à ses légitimes ardeurs. Si je m'étais plié à toutes les fantaisies que lui dictaient ses sens, j'aurais passé mes journées à m'essouffler sur son ventre.

Laure ne se doutait pas que son acharnement à me plaire m'aidait à domestiquer les élans qui me portaient toujours vers Fanfan. Sa diligence inventive me rendait supportables les frustrations intolérables que je subissais encore une semaine auparavant. A son insu, elle participait ainsi à l'entretien de ma passion pour sa rivale.

Il est des êtres qui semblent destinés à tenir lieu de pions dans une partie d'échecs qui leur échappe. J'ignorais encore que cette position pouvait aussi devenir la mienne. Je n'avais pas prévu le prochain coup de Fanfan.

Fanfan me téléphona et me convia à dîner au drugstore de Saint-Germain-des-Prés, le samedi. Je n'eus pas à mentir à Laure pour disparaître ce soir-là. Elle s'était rendue chez ses parents afin d'essayer de ramener sa mère sur le chemin du pardon. Son attitude intransigeante l'exaspérait.

Le cœur en joie, je filai au drugstore, situé non loin de chez mon père. Fanfan ne fut pas longue à s'ouvrir de ce qui la travaillait.

En préambule, elle m'expliqua qu'il lui coûtait d'évoquer notre relation avec franchise, car elle craignait que je ne fasse preuve de ma mauvaise foi habituelle en prétendant ne ressentir pour elle que de l'amitié; puis elle précisa que, lorsqu'elle m'avait relaté son soi-disant rêve de Ker Emma, quelques mois auparavant, elle n'avait jamais voulu me demander de la courtiser pendant six mois; une semaine ou deux lui eussent amplement suffi.

— Je voulais simplement dire que j'en avais assez

de ces mecs qui me mettent tout de suite la main au cul... murmura-t-elle.

Sa mise en garde liminaire m'interdisait toute dénégation de mes sentiments. Aussi demeurai-je muet et la laissai-je s'avancer, stupéfait qu'elle eût soudain pris l'initiative d'abattre les cartes de nos jeux.

Fanfan m'avoua pudiquement éprouver pour moi une violente inclination; mais elle s'empressa d'ajouter qu'elle n'avait pas l'intention de me séparer de cette Laure qui avait surgi dans mon studio. Son insistance était presque comique. Elle me confia ensuite son incompréhension devant ma conduite et me dessina ce qu'était devenue sa vie depuis que je la tourmentais. L'euphorie des débuts avait fini par tourner à l'enfer. Ce chaste commerce où les sens s'exaspèrent l'éreintait. Fanfan ne trouvait plus la force de soutenir ce marivaudage qu'elle savait vain depuis qu'elle n'ignorait plus l'existence de Laure.

Elle me pria donc de cesser de lui faire la cour, d'abandonner ma position équivoque et d'arrêter d'ourdir des mises en scène destinées à la griser. Cette exaltation la fatiguait trop et ne mènerait à rien, répéta-t-elle, puisqu'une autre partageait déjà ma vie.

– Et le rôle de la maîtresse ne me convient pas du tout, conclut-elle en me fixant.

Désemparé, je passai outre à son préambule et niai, en excipant de ma bonne foi et en m'excusant de le faire, avoir eu des projets sur elle.

J'affirmai effrontément que je ne voyais en elle que la sœur que j'aurais aimé avoir et regrettai même, avec l'accent de la sincérité, que les femmes fussent incapables d'établir avec un homme une amitié dénuée d'arrière-pensées.

Ahurie de me voir ainsi manœuvrer, et troublée par mon apparente honnêteté, Fanfan eut l'esprit de se féliciter de mes dispositions :

– Alors c'est merveilleux. Je ne désire rien de plus que ton amitié; mais je souhaiterais que tu te gardes de jouer le frère ambigu, d'accord?

Elle poursuivit en me reservant les arguments que j'avais avancés un soir pour faire l'éloge de notre amitié. Ce lien purement spirituel ne mettait-il pas notre affection à l'abri de l'usure du temps? Et puis, nous ne pourrions nous quitter puisque nous ne serions pas ensemble, dit-elle d'un air malicieux.

« Et nous pourrons coucher avec qui nous plaira sans nous tromper! » ajouta-t-elle avec une légèreté feinte.

Je m'obligeai à sourire pour dissimuler la panique qui me gagnait. Je n'avais jamais eu en tête d'instaurer une camaraderie vraie entre nous et ne voyais plus comment maintenir une ambiguïté dans nos rapports si Fanfan s'y opposait. L'amitié m'apparut alors comme l'ennemie véritable de notre passion. Il n'entrait pas dans mes vues de permettre à Fanfan de jouir de son cœur et de son corps avec un autre.

La vigueur de ma réaction me laissa cependant

perplexe. Je soupçonnai soudain Fanfan de réclamer des relations amicales pour obtenir un refus. Elle n'aurait pas mieux agi si elle avait voulu m'inciter à franchir le premier pas. Mais que son exigence fût sincère ou calculée, il me fallait remettre du rêve et de la séduction entre nous, contre le gré de Fanfan. Je n'avais pas souffert jusqu'à présent pour qu'elle devînt mon « meilleur ami ».

Fanfan me fournit l'idée du stratagème que je cherchais en remarquant négligemment :

– Ce qu'il peut faire chaud! J'aimerais me réveiller demain matin à Ker Emma pour aller piquer une tête dans la mer...

Je m'absentai un instant en prétextant un besoin naturel à soulager et filai au sous-sol du drugstore, à la pharmacie, où l'on me connaissait bien. J'avais l'habitude d'acheter là les somnifères dont abusait mon père pour se plonger chaque soir dans un sommeil chimique. La pharmacienne me donna une boîte de Maxi-Prohypnol, un somnifère matraque. Je retournai auprès de Fanfan. Elle s'était rendue aux toilettes. Je profitai de son absence pour dissoudre trois sachets dans sa menthe à l'eau.

A son retour, elle vida son verre et me raconta qu'elle allait soumettre à Gabilan un projet dont l'originalité l'emballerait à coup sûr, m'assurat-elle. Fanfan désirait filmer une authentique histoire d'amour avec une caméra cachée. Seul l'un des deux comédiens serait mis au courant. Il se plierait aux indications du scénario qui devrait être modifié sans cesse pour suivre les réactions de son partenaire.

– Tu comprends, je veux montrer la passion dans sa vérité, me dit-elle en bâillant.

Fanfan s'endormit dans la voiture alors que je la raccompagnais chez elle. Aussitôt je pris la direction de Ker Emma. Avec moi, l'existence lui semblerait une fête où tous ses rêves auraient leur place. J'espérais qu'elle me regarderait comme un Prince Charmant si je la faisais vivre dans un conte.

Au volant de la puissante automobile de mon père, je jubilais. J'avais conscience d'être enfin moi-même : l'Alexandre imprévisible, fantasque et incapable de modération que je bâillonnais trop souvent. Je sentais couler dans mes veines le sang des Crusoé et m'étonnai qu'il pût y avoir en moi cet énergumène et un Alexandre aussi pondéré que pusillanime. J'étais pourtant à la fois celui qui partageait l'existence de Laure et celui qui conduisait dans la nuit noire à cent quatre-vingts kilomètres à l'heure pour offrir à Fanfan l'un de ses souhaits.

Nous arrivâmes à Ker Emma vers deux heures du matin, heure locale. Je remontai la rue principale du bourg, dépassai la boucherie Sauvage, la librairie-papeterie Sauvage, la statue de Népomucène Sauvage, et me garai en face de l'hôtel du Globe. L'océan roulait ses flots contre la digue.

Je pénétrai dans l'hôtel par la lucarne, ouvris la

porte de l'intérieur et portai Fanfan jusque dans une chambre du premier étage, en marchant sur la pointe des pieds.

Je déshabillai Fanfan et restai bouche bée dans une surprise admirative. Un instant je voulus profiter de la circonstance pour la caresser et baiser ses lèvres ; mais je craignis qu'un contact avec son corps ne me procure une sensation trop voluptueuse pour que je puisse m'arrêter ensuite. Je m'abstins donc, la glissai entre les draps du lit et partis me coucher dans une autre chambre.

J'ignorais ce que serait la réaction de Fanfan le lendemain matin. Bien que son projet de film témoignât de son goût pour les manigances, peut-être voulait-elle sincèrement que notre relation évoluât vers une amitié véritable.

Je m'endormis inquiet.

Je me levai tôt et descendis dans la cuisine.

Monsieur Ti posa sur moi des yeux remplis
d'étonnement, me salua et me proposa un bol de
café. Je refusai – son jus noir était si violent qu'il
mettait l'estomac et le cœur en danger – et me servis une tasse de thé.

– Je suis arrivé dans la nuit avec Fanfan.

Ces quelques mots le plongèrent dans la perplexité. Il demeura silencieux, puis me dit en souriant :

– Comprends-tu maintenant pourquoi je ne
t'avais pas parlé d'elle ?

– Rassurez-vous. Nous n'avons pas dormi et ne
dormirons jamais ensemble. Je ne le veux pas.
J'épouse Laure en septembre.

– J'ai donc eu raison de te cacher Fanfan le
plus longtemps possible.

Je bus une gorgée de thé. Le vieux mainate
lampa le fond de son bol de café et ajouta joyeuse-
ment :

– Tu n'imagines pas les surprises que réserve l'amour!

Cet être habituellement opaque et peu loquace se lança brusquement dans de stupéfiantes révélations. Il me conta que la veille au soir, alors qu'ils étaient couchés, Maude avait soudain glissé sa main dans la braguette de son pyjama. Elle savait pourtant que son sexe était un vétéran fatigué. Dans un éclair de folie, il lui avait alors murmuré :

– Si elle bouge, elle est à toi...

Sa bite avait bougé. Ils s'étaient comblés. Le vieux Ti en conservait d'ailleurs de cuisantes douleurs.

– Te rends-tu compte? conclut-il. A quatre-vingt-cinq ans, et gratuit!

J'étais bouleversé. Notre amitié se renforça de cet aveu inattendu. Nous savions si mal discuter de nous-mêmes.

Cette parenthèse fermée, Monsieur Ti réintégra son personnage. Il reprit cette distance qui lui était habituelle et me relata avec verve sa dernière extravagance.

Il avait publié, quinze jours auparavant, l'avis de son futur décès dans le quotidien régional : le *Paris-Normandie*. Il annonçait sa mort pour la semaine suivante et conviait les populations à ses funérailles le lundi, le jour même où il expirerait.

La nouvelle se répéta dans Ker Emma dès que le journal parut. Monsieur Ti organisa alors son enterrement avec un allant d'héritier. Il promena son visage plein de malignité dans tout le bourg, commanda de ravissantes couronnes au fleuriste et un cercueil sur mesure au croque-mort, revint plusieurs fois pour les essayages, exigea des coussins de satin et un catafalque en dentelles. Sa coquetterie semblait sans limites. Les habitants de Ker Emma s'amusaient de ses excentricités. Il visita ensuite ses amis pour se charger des messages qu'ils auraient eu à transmettre à leurs morts. « Je les rejoindrait bientôt, profitez-en! » expliquait-il. La bonhomie avec laquelle il évoquait son prochain trépas devint contagieuse. A Ker Emma, pendant une semaine, on parla de la mort comme d'une amie qui n'oublie personne. Seul le curé s'inquiéta. Il amena même sa triste figure chez Monsieur Ti et le somma d'arrêter cette mascarade. Ti s'excusa de ne pouvoir lui garantir que son cœur cesserait de battre le lundi; mais il pressentait, l'assura-t-il, que lundi serait le grand jour.

Cette histoire paraîtra invraisemblable à qui n'a pas connu Monsieur Ti. Elle est pourtant authentique. Ti avait toujours apprivoisé ses peurs en les mêlant à des farces; et son angoisse s'enflait considérablement à mesure qu'approchait sa fin. Il voulait également remettre la mort dans la vie de ses concitoyens. Il s'indignait de ce que ses contemporains fissent comme si ce petit inconvénient de notre condition n'existait pas, et entendait rappeler gaiement aux gens de Ker Emma que le temps leur était mesuré. Dérouter était sa pédagogie.

Le dimanche, tout le monde fut gagné par la superstition et l'on se mit soudain à redouter que la prophétie du vieux Ti ne se revélât juste. Contrairement à son habitude, il se rendit à la messe où chacun lui serra la main avec émotion comme pour lui dire adieu.

Le lendemain, tout Ker Emma put lire dans la rubrique nécrologique du *Paris-Normandie* que Monsieur Ti avait reporté son décès à une date ultérieure et que, pour célébrer la non-interruption de son existence, il conviait ses proches à un verre dans les jardins de l'hôtel du Globe, à dix-huit heures. Il lui plaisait de fêter le miracle de la vie environné de ses amis. Ce pied de nez aux ténèbres était sa façon de se préparer à disparaître.

Ému par la gravité fantasque de Monsieur Ti, je disposai le petit déjeuner de Fanfan sur un plateau et partis la réveiller en m'efforçant de ne pas renverser le jus d'orange et le thé.

J'ouvris les volets.

Fanfan s'étira et cambra sa taille avec une désinvolture qui m'affola. Même au réveil, elle n'avait nul besoin des secours de l'imagination pour être désirable. Elle écarquilla les yeux et demeura un instant figée de stupéfaction.

– Tu n'as pas senti le somnifère dans ta menthe à l'eau ? lui lançai-je en souriant.

Fanfan partit d'un fou rire.

– Je n'en attendais pas moins de toi, finit-elle par dire.

Elle était apparemment satisfaite que je n'aie pas tenu compte de ses propos de la veille. Sa réaction me confirma dans l'idée qu'elle m'avait prié de ne plus la troubler pour m'inciter à davantage de témérité.

Elle but son jus d'orange, grignota une tartine en me gourmandant sur un ton badin de l'avoir « prise en traître » et mit dans le verbe « prendre » une nuance qui suggérait que j'aurais pu dérober ses faveurs au cours de la nuit.

140

– C'est toi qui m'as déshabillée? interrogea-t-elle pour m'entendre dire « oui ».

Je lui offris donc ce « oui » qui la fit rosir de plaisir; puis elle me proposa d'aller à la plage « piquer une tête ». Elle savait que je me trouverais là-bas dans l'esprit qu'il faudrait pour me laisser vaincre. J'acquiesçai. Elle s'enferma un instant dans la salle de bains et revint vêtue d'un bref maillot, certaine de dissiper ainsi mes dernières réticences.

– On y va? dit-elle en ouvrant la fenêtre.

– Oui.

Je la vis alors se jeter dans le vide. Je n'eus pas le temps de la retenir, elle était déjà sur la pelouse en train de rire.

– Saute, ce n'est pas haut!

C'était tout Fanfan. Ses chemins étaient inattendus. Sa fantaisie la gouvernait. Elle était libre comme une enfant qui ignore les usages des grandes personnes. Fou d'amour, je la suivis par la fenêtre.

Le soleil de juin imitait déjà celui de juillet, mais la plage n'avait pas encore donné rendez-vous à ces crustacés des villes qui chaque été colonisent la baie de Ker Emma. Aucune présence ne pouvait tempérer nos pensées lascives.

Nous prîmes un bain dans les vagues qui refroidirent mes ardeurs et retournâmes nous sécher sur le sable.

– Tu peux me tartiner? murmura-t-elle en m'envoyant un long regard plein des mots qu'elle ne voulait dire elle-même.

Elle s'allongea sur le dos et me tendit le tube de crème solaire.

– C'est très provocant ce que tu me demandes de faire. Si je ne te connaissais pas bien, je pourrais m'imaginer des choses...

M'armant de courage, je commençai à étaler la crème sur ses épaules avec deux doigts et conçus le projet héroïque de descendre vers son nombril en évitant sa poitrine. Naturellement, je roulai très vite dans des abîmes de concupiscence mais défendis à mes deux doigts de devenir trois, car alors la main entière aurait suivi.

Comme pour mieux se délecter de ce contact, Fanfan ferma les yeux et je pus lire sur ses traits une expression de volupté mêlée de souffrance. Je ralentis mon cheminement et, tandis que mes doigts épousaient les courbes de ses modelés, demeurai dans un paroxysme de convoitise; mais je goûtais dans cette retenue toutes les nuances du désir. Ces caresses hypocrites me permirent de découvrir l'absolu que recèle l'insatisfaction. Je m'enivrais de ces lenteurs qui, seconde après seconde, accroissaient mon supplice.

Fanfan se mordit la lèvre inférieure et je crus déceler un changement dans le rythme de sa respiration. Ma Fanfan était à la fois céleste, humaine et animale. Je ne me rassasiais pas de contempler la perfection qui paraissait en sa personne, en dissimulant l'avidité de mes regards obliques. Du bout de mes deux doigts – seulement deux doigts! – je déchiffrais sa beauté, cherchais à percer le

142

mystère de sa carnation irréelle, à pénétrer l'énigme de son éclat.

— Tu pourrais perdre quelques kilos, lui suggérai-je d'une voix détachée.

— Je sais, je suis obèse...

Fanfan entrouvrit les yeux, me sourit à peine et approcha sa main de la mienne. Sans montrer que j'avais remarqué son intention, je la retirai subrepticement pour replacer mes cheveux en arrière. A nouveau un sourire effleura ses lèvres. Elle avait dû percevoir les frémissements de mes doigts sur son corps et comprendre ce qu'ils trahissaient.

Comme pour contredire ces perfides tremblements, je passai vigoureusement de la crème sur son visage et, lorsqu'elle fut ointe jusque derrière les oreilles, m'installai face contre sable afin que mon bas-ventre ne me dénonçât pas.

— Pourquoi t'allonges-tu sur le ventre? observat-elle en feignant une candeur enfantine.

— Pour faire bronzer mon dos.

— Ah... dit-elle en ôtant le haut de son maillot de bain.

Ses seins clairs rebondirent sous mes yeux. Leur blancheur était comme une impudeur qui me plongea dans un émoi fiévreux. S'ils avaient été aussi dorés que la peau de ses bras mon émotion eût été moins vive; mais leur teinte me criait qu'elle n'avait pas l'habitude de les exposer et que les apercevoir était un privilège.

Saisi par une violente envie et par un mouvement du cœur, je la priai alors de m'enduire le dos

143

de crème. Elle accepta en souriant et usa non pas de deux doigts mais de la main entière! Ah, la douce menotte de Fanfan...

Sous ses caresses, ma résolution faiblissait. Quand elle s'arrêta sur ma nuque, je sentis que l'heure était venue d'abréger ces atermoiements, si douloureux pour moi comme pour elle.

Fanfan reboucha le tube, me déposa une noisette de crème solaire sur le nez en riant et courut vers la mer en m'invitant à la suivre. Je me levai et, soudain, entendis une voix qui m'appelait. Je tournai la tête en direction de la digue.

C'était Laure.

J'appris plus tard qu'elle avait voulu me faire une surprise. Elle espérait remettre notre amour en selle en continuant à m'étonner. Comme je n'étais pas chez nous, elle avait téléphoné à l'hôtel du Globe. Hermantrude avait décroché l'appareil et l'avait assurée de ma présence à Ker Emma. Deux heures de train plus tard, elle escaladait la digue.

Laure s'avança vers moi; son sourire se dissipa lorsqu'elle vit Fanfan sortir de la mer.

S'écoula alors l'une des secondes les plus interminables de ma vie. Fanfan blêmit. Mais Laure eut l'esprit de ne pas laisser transparaître sa jalousie. Elle m'embrassa sur les lèvres en jetant un coup d'œil à Fanfan; puis elle se coula à mes côtés et parla en jouant avec ma main de la robe de mariée qu'elle avait enfin dénichée chez un couturier.

– On se marie dans quatre mois, lâcha-t-elle négligemment.

Fanfan écoutait Laure qui se lamentait des difficultés qu'elle rencontrait pour préparer nos noces, s'indignant de la cherté des traiteurs, stigmatisant les exigences paperassières de la mairie et ironisant sur celles de l'Église.

– Il faut vraiment s'aimer pour se marier, conclut-elle.

– Comme je te plains, lui répliqua Fanfan.

Puis elle s'excusa de ne pouvoir demeurer avec nous et prétexta des obligations professionnelles pour s'enfuir :

– Gabilan m'a demandé d'être à son bureau deux jours avant la préparation du tournage. Je dois absolument rentrer à Paris.

Fanfan omit de nous embrasser, nous souhaita de belles épousailles et tourna les talons.

J'étais assez content que la venue de Laure m'ait empêché de violer la loi que je m'étais imposée jusqu'alors. Mon aspiration à un certain conformisme se réveillait soudain sous l'effet de la peur. Si Laure était arrivée quelques instants plus tard, ma vie aurait été bouleversée. Je me morigénai d'avoir été aussi faible devant un tube de crème solaire et retournai à ma résolution.

L'apparition de Laure satisfaisait également le passionné que j'étais; car si j'avais commis la sottise d'embrasser Fanfan, je n'aurais pu retrouver l'ambiguïté brûlante que je venais de connaître sur cette plage. En surgissant, Laure m'autorisait à revivre cette félicité ardente.

Pauvre Laure, ses initiatives concouraient toujours à entretenir mon inclination pour Fanfan. Elle eût mieux servi ses intérêts en nous poussant à nous mettre en ménage!

Je voulus aller dire au revoir à Monsieur Ti avec Laure, mais Maude s'y opposa.

– Il m'a dit qu'il désirait te voir seul.

Je laissai Laure en compagnie de Maude et partis rejoindre Ti dans le bureau qu'il avait aménagé au sommet du phare désaffecté qui domine Ker Emma, perché sur la falaise. Le vieux mainate avait entassé là tous les ouvrages qui l'avaient élevé, ainsi qu'une mère élève son enfant. Je crois que ses véritables parents avaient été les écrivains qu'il chérissait. Dans son phare, au milieu d'eux, il se sentait en famille. Il dialoguait avec Montaigne, intervenait dans les différends qui opposent toujours Voltaire à Rousseau, fréquentait les historiens et, parfois, faisait lire Stendhal à Shakespeare. Il croyait qu'en lui les auteurs avaient la possibilité de se rencontrer par-delà les siècles, qu'à travers ses yeux Musset pouvait découvrir Zweig.

Parvenu en haut de la falaise, je poussai la porte du phare et entendis le rire de Monsieur Ti résonner dans la tour. Autour de moi dormaient des piles de romans, d'essais, de textes divers qui attendaient d'être réveillés.

– Monsieur Ti ? appelai-je en gravissant l'escalier en colimaçon. Vous êtes seul ?

– Non, me répondit-il, comme je pénétrais dans son bureau. J'étais avec Rabelais.

Devant moi, des livres et l'Océan. Monsieur Ti était assis face à l'horizon, sur d'antiques chiottes en acajou transformées en chaise cannée.

– Tu vois tous ces volumes ? me lança-t-il en m'indiquant les étagères qui couraient autour de la pièce circulaire. Un jour, ils seront à toi. Je te lègue par testament mon phare et ma bibliothèque et te prie, lorsque ton heure sera venue, de les léguer à ton tour à celui ou celle que tu jugeras digne de cet héritage.

Je contemplai avec émotion ces milliers d'ouvrages. Ti m'avait déjà introduit auprès de la plupart des auteurs présents, mais j'étais intimidé.

– Sans doute te demandes-tu si je ne suis pas aigri de n'en avoir écrit aucun. Eh bien, non ! Mon talent a été de les bien lire et de les réunir. Je pense que notre monde manque plus de grands lecteurs que de grands écrivains, et composer une bibliothèque est un art qui tient de l'architecture. Approche-toi, ajouta-t-il, car j'ai autre chose à te dire.

Je m'installai devant lui, sur un escabeau.

– Je te défends d'épouser Laure, décréta-t-il en pesant chaque mot.

148

De quel droit se posait-il en arbitre souverain de mon existence ? Son attitude me heurta.

— Pourquoi ? rétorquai-je, piqué.

— Pour toutes les raisons que tu sais déjà ou que tu sauras un jour.

— Monsieur Ti, ma vie ne regarde que moi. Je vous prie de ne pas vous en mêler. Merci pour l'héritage, à bientôt.

Je me levai et me dirigeai vers la porte.

— Alexandre, si tu épouses Laure en septembre, tu commettras un crime contre l'amour ; et ça, c'est grave.

Je sortis.

Laure pressa les apprêts de notre mariage, comme pour en avancer la date. Le 15 septembre devint à ses yeux le jour à atteindre, au-delà duquel il lui semblait que je ne pourrais plus regarder qu'elle.

Je la vis enjouée lorsqu'elle commanda sa robe de taffetas; mais sa satisfaction était empreinte d'une inquiétude que tous ses gestes dénonçaient. Elle voulait croire que cette pièce montée de tissu m'engageait irrévocablement, que réserver un orchestre et les services d'un traiteur liait à jamais nos destinées.

L'ardeur qu'elle mit à libeller les enveloppes qui devaient contenir nos faire-part avait quelque chose de désespéré; mais chaque timbre collé paraissait diminuer son anxiété.

Je l'observais se remuer comme si elle eût organisé le mariage d'un autre, et ne pris conscience de mon implication dans cette affaire que lorsqu'elle me pria d'aller déposer les faire-part à la poste.

En chemin, je m'aperçus avec effroi que l'envoi de ces deux cents invitations marquerait une étape qui rendrait difficile toute reculade. Je compris alors l'aberration de ma conduite. J'allais épouser celle qui n'était pas la femme de ma vie, par lâcheté, pour calmer mes angoisses verdelotiennes et me tenir à l'écart de celle qui m'affolait mais que j'aimais. Monsieur Ti avait raison.

Saisi par la panique, j'eus alors un geste instinctif : je jetai les faire-part dans une bouche d'égout. Une douce sensation m'envahit. Je venais de me réconcilier avec moi-même, de réintégrer ma peau en abandonnant celle du conformiste que j'avais essayé de devenir par désir de stabilité.

Le cœur léger, je m'assis à une terrasse de café et commandai une glace à trois boules pour fêter le retour de ma sincérité. Je goûtai cet exquis moment où, pour la première fois, je quittais le double fond du mensonge. Ah, la joie d'être enfin droit...

Je me jurai de toujours écouter le vieux Ti, puis retournai chez moi et osai lancer sans détour à Laure :

— J'ai jeté les faire-part dans un caniveau !

Elle voulut d'abord croire à une farce de mauvais goût. L'abattement parut ensuite sur son visage. J'eus le courage de l'honnêteté et lui dis que j'entendais continuer à vivre avec elle sans l'épouser. Le mot courage semblera déplacé à ceux qui ne sont pas victimes d'un irrépressible besoin d'être aimé et pour qui déplaire n'est pas une souffrance intolérable; mais j'étais et demeure, hélas, presque incapable de m'exposer au risque d'être désagréable. Indisposer me rend malade, un regard désapprobateur me crucifie. Décevoir Laure m'était aussi douloureux que cela devait l'être pour elle; mais je n'avais que trop triché.

Laure ne supporta pas mon revirement qu'elle considéra comme une humiliation qui serait bientôt publique. Elle ne formula pas les choses ainsi, mais tous ses mots et l'air qui était le sien trahissaient sa blessure d'amour-propre, autant que sa désillusion.

Quelques larmes plus tard, ses étagères étaient vides et il ne restait plus d'elle dans mon studio que le souvenir du couple que nous avions tenté.

Je venais de perdre le garde-fou sur lequel j'avais compté jusque-là pour m'interdire d'étreindre Fanfan.

Le départ de Laure m'attrista en me faisant voir que je n'étais pas plus doué que mes parents pour la monogamie ; mais il enchanta Monsieur Ti.

J'avais désormais du mal à croire qu'un couple peut vieillir sans échapper à ce dilemme : se séparer ou se fossiliser. Les efforts de Laure pour essayer de remédier à l'atonie de nos sentiments me parurent méritoires mais vains. Je n'imaginais plus qu'il fût possible de guérir vraiment un amour gangrené par le temps. Notre faillite me renforçait dans l'idée qu'il est criminel d'enfermer une passion dans un couple. Couler des jours en tandem ou vivre séparément n'était pas la question. Les ensablements de l'habitude commencent dès le second baiser. Posséder la même clef aggrave seulement les choses.

Seul dans mon studio, je m'étonnai que les hommes continuent, siècle par siècle, à embrasser les filles et les femmes alors que chacun sait vers quelle déconfiture mène cette comédie. Ah, l'expérience est inutile...

En dépit de ces considérations, ma passion pour Fanfan était arrivée au plus haut degré d'exaltation. J'avais désormais besoin de mettre rapidement dans mon existence son enjouement et sa désinvolture; et Dieu sait que l'envie d'une aventure galante n'avait pas de part au trouble que je ressentais en sa présence.

Je résolus alors de former un couple avec Fanfan; mais à son insu.

Mon dessein était d'entrer clandestinement dans son univers afin de partager son quotidien en douce, tout en perpétuant entre nous les premiers désirs de plaire. Je ne concevais pas encore les modalités de notre vie si secrètement commune qu'elle-même n'en saurait rien; mais j'étais décidé à mener à bien cette tentative de mariage en solitaire.

Mes vingt ans me portaient à des initiatives qui à présent me paraissent fictives. Pourtant, j'ai été ce jeune homme si romanesque que j'ai parfois l'impression d'avoir vécu comme dans un livre.

II

II

Fanfan était penchée sur le plan de travail du film que produisait Gabilan quand je lui appris ma rupture avec Laure. Elle sourit et faillit m'embrasser lorsqu'elle s'avança vers moi. Ses expressions me laissaient deviner l'étendue de sa joie.

– Mais je ne suis pas à entrer dans une nouvelle liaison, ajoutai-je.

Contrariée, elle demeura un instant interdite. Je lui expliquai alors toutes les raisons qui me défendaient de risquer à nouveau mon amour en m'engageant. Que je m'abstienne de basculer d'autres filles lui était un bien mince adoucissement. Elle fit paraître tant d'esprit pour essayer de me ramener à plus de souplesse, en parlant en termes généraux de nos sentiments particuliers, qu'elle faillit me retourner; mais j'eus la force d'affirmer que je ne croyais plus au couple et de lui proposer que nous soyons désormais ainsi que frère et sœur.

– Nos parents communs ne sont-ils pas Ti et Maude?

Dans cette vue, je l'engageai à me regarder comme son grand frère et lui rappelai qu'elle-même, le soir de notre dîner au drugstore, m'avait prié de cesser d'entretenir entre nous ce climat qu'elle avait qualifié d' « ambigu ».

Avec une apparente sincérité qui m'étonna moi-même, je lui répétai qu'elle était la sœur aimante que je n'avais pas eue, le soutien dont je ne pourrais me séparer. Aussi préférais-je perpétuer notre camaraderie affectueuse, de façon à ne jamais la perdre. Cette déclaration, que me dictait ma volonté, n'entraînait ni mes sens ni mon enthousiasme, mais je trouvai au fil des mots les accents de la conviction.

Si Fanfan avait posé ses lèvres sur les miennes pour me faire taire, j'aurais succombé; mais elle n'eut pas le cœur de me bousculer. Il est vrai que je venais de lui interdire de nouvelles espérances.

Elle se soumit donc à mes instances, mais affecta un certain air dont j'aurais dû me méfier.

Fanfan ignorait que la poursuite des rigueurs que je m'imposais n'était plus mon seul programme. J'étais résolu à m'immiscer clandestinement dans son existence.

Rêver de Fanfan remplissait mes journées. Je ratai donc les examens de Sciences-Po du mois de septembre. Mon attitude désinvolte envers mes études irritait mon père. Il jugea salutaire pour moi de cesser de m'entretenir.

Mon passif souffrait déjà d'un fâcheux embonpoint. Je n'eus plus alors que la ressource de mettre en gage sa limousine, sans l'en avertir naturellement. Je le pouvais. Il avait commis l'erreur de faire inscrire la carte grise à mon nom. La suggestion de Titanic devenait d'actualité.

On s'étonnera peut-être que je n'aie pas même songé à gagner ma vie. Mon cœur accaparait mes pensées et, de toute façon, aucun travail à ma portée n'aurait pu pourvoir à mes dépenses effrenées.

Afin de partager le quotidien de Fanfan, j'avais élu domicile dans un hôtel situé face à l'immeuble qu'elle habitait. Ainsi, de ma fenêtre, je l'admirais dans son studio, à l'aide d'une paire de jumelles. Cet établissement n'avait qu'un défaut, hormis des portiers et un liftier un peu familiers : c'était un quatre étoiles...

Il est aisé d'imaginer l'anxiété qui s'emparait de moi à mesure que je cochais les jours sur mon carnet de rendez-vous, que je gardais volontairement vierge afin d'être disponible à tout instant pour filer Fanfan. Mais, tel un ami de la cocaïne, je ne tenais pas compte des débours. Parfois je souriais en songeant au garçon économe que j'avais été avec Laure. M'ôter la possibilité de contempler Fanfan dans sa chambre m'aurait tant affligé que je préférais subir l'angoisse que m'inspirait ce naufrage pécuniaire.

Au terme de la première semaine, la direction de l'hôtel me pria de m'acquitter de ma note si je désirais rester plus longtemps. Je réglai une facture exorbitante avec un détachement de fils à papa pour ne pas les inquiéter.

J'avais mis le doigt dans un piège. Ces quelques jours m'avaient accoutumé à vivre comme aux côtés de Fanfan. J'étais émerveillé de voir avec quel art elle se rendait heureuse en portant une attention presque religieuse aux actes de tous les jours, au lieu de chercher à s'en débarrasser. Je l'aimais de savoir ainsi mettre en scène des instants de bonheur. Interrompre mon séjour à l'hôtel m'aurait donné le sentiment de la quitter. Il m'était à présent nécessaire de l'apercevoir chaque soir. Plusieurs fois dans la nuit, je me levais pour contempler sa fenêtre obscure. Je l'imaginais endormie non loin de moi. Une paix délicieuse m'envahissait alors.

160

J'avais laissé entendre à ma mère qu'une nouvelle liaison m'accaparait, afin qu'elle ne s'inquiétât pas de mon absence prolongée. Quant à Fanfan, elle se figurait que je continuais mes études à Sciences-Po, sans se douter qu'aux moments où elle pensait à moi je me trouvais soit en train de l'observer grâce à mes jumelles, soit à cent mètres derrière elle dans la rue, soit dans le même café.

Partout où je pouvais la suivre, je la suivais. Elle achetait un livre; j'entrais dans la librairie après qu'elle en était sortie et me procurais le même ouvrage. Je voulais que nos esprits fussent occupés des mêmes pensées. Au restaurant, lorsque je parvenais à me faire placer de façon à échapper à son regard, je demandais au serveur les mêmes plats que ceux qu'elle avait commandés. J'avais ainsi l'impression de partager son repas.

Qui me prend pour un cinglé n'a pas vraiment aimé. Les fous sont ceux qui oublient de l'être par amour.

A l'hôtel, ma note ne cessait de s'alourdir.

Fanfan me convia un soir à dîner chez ses parents, avec un tressaillement dans la voix qui ne pouvait être dû à l'état de la ligne téléphonique.

– Il faut bien que je te les présente, puisque nous sommes frère et sœur... avait-elle ajouté avant de me saluer et de raccrocher.

Sa mère et son père avaient quitté Ker Emma depuis deux ans. Ils avaient voulu s'éloigner de la plage près de laquelle la petite sœur de Fanfan s'était noyée et faire rebondir leur carrière dans un hôpital parisien. L'un et l'autre étaient des spécialistes du cancer du poumon. En dignes enfants de Ker Emma, ils s'étaient juré d'avoir la peau de cette maladie.

Le jeudi soir, je me rendis dans leur appartement, à l'angle de deux de ces ruelles qui témoignent qu'Haussmann n'eut pas le temps d'aplatir tout le vieux Paris.

Son père m'ouvrit la porte et, m'attirant à lui, m'embrassa en disant :

– Je vous embrasse, Alexandre... Pardonnez-

162

moi de vous appeler par votre prénom, mais je crois que ce sera mieux comme ça. Appelez-moi Gilbert.

– Bonsoir Alexandre, me dit aussi sa mère, qui me pria de lui donner du Nathalie avant de m'étreindre chaleureusement.

Fanfan m'enleva des bras les fleurs que j'avais jugé poli d'apporter, avec un sourire qu'elle eut du mal à dissimuler; puis elle s'éclipsa en prétextant qu'il leur fallait un vase.

– Faites comme chez vous, me répéta deux fois sa mère en m'installant sur un canapé.

On me versa une coupe de champagne.

Gilbert me parla sur un ton paternel de mes études à Sciences-Po, m'avoua qu'il était instruit de beaucoup de choses sur mon compte et me félicita de rendre aussi souvent visite aux « vieux de Ker Emma », comprenez Maude et Monsieur Ti. Puis il me remercia d'être intervenu auprès de Gabilan, via mon père, en faveur de Fanfan.

– Vous êtes exactement comme elle vous avait décrit, déclara Nathalie.

Je ne saisissais toujours pas la cause de ces débordements d'affection et de prévenances, jusqu'à ce que Nathalie fît allusion à une bague que j'aurais offerte à leur fille et pour laquelle j'aurais commis une « véritable folie ».

Gilbert mit les points sur les i :

– Mais où vous êtes-vous fiancés?

Ahuri, je demeurai un instant bouche bée.

– Papa, je t'ai déjà dit qu'on a fait ça tous les deux, sans personne, répliqua Fanfan en revenant dans le salon.

– Oui, mais où était-ce?

– A Vienne, répondit-elle avec aplomb.

– A Vienne? répéta la mère en se tournant vers moi.

– Oui, confirmai-je. C'est plus... enfin, c'était plus romantique.

– Il m'a fait sa demande au cours d'un bal, poursuivit Fanfan, pendant qu'on dansait la valse.

– Il y a encore des grands bals à Vienne?

– Oui, oui, affirmai-je en jetant un regard stupéfait à Fanfan qui me souriait.

La garce voulait me faire entendre qu'elle ne se résignait pas au statu quo dont je me satisfaisais et qu'elle avait l'intention de reprendre l'initiative. Je songeai alors que j'aurais dû m'en douter lorsqu'elle avait évoqué son projet de filmer une histoire d'amour où l'un des deux partenaires manipulerait l'autre sous l'œil d'une caméra cachée.

Passé les premiers instants d'étonnement, j'acceptai le jeu. Après tout, il ne me déplaisait pas que nous soyons considérés comme un couple. Ce mensonge était d'ailleurs ma vérité, celle que je m'efforçais de vivre en partageant l'existence de Fanfan à son insu. L'important était qu'elle me crût encore réticent à son égard, que son impatience passionnée fût entretenue.

Mais à table je fus bien embarrassé lorsque ses parents s'informèrent de la date de notre mariage. Fanfan avait dû leur suggérer cette question avant mon arrivée; je le sentais.

Loin de se porter à mon secours, elle allongea le cou, posa nonchalamment son menton sur sa main et attendit ma réponse avec intérêt.

– Hum...

Cramoisi, je ne savais que dire. Que Fanfan eût menti à ses parents relevait de sa responsabilité; mais je ne voulais pas avancer de date pour un mariage auquel je m'interdisais de penser. Toute reculade me serait alors impossible, à moins de répéter le retournement que j'avais opéré avec Laure. Une fois m'avait suffi.

– Eh bien, repris-je avec une sûreté qui me surprit moi-même, ce que Fanfan ne vous a peut-être pas confié c'est que je suis actuellement en cours de divorce. Oh! je sais, vingt ans peut vous paraître jeune pour m'être déjà marié, et pour divorcer; mais c'est comme ça. Je préfère donc patienter jusqu'à la fin de la procédure avant d'envisager notre mariage.

Fanfan m'adressa un discret signe de tête, comme pour saluer mon à-propos; puis elle baissa les yeux.

A la fin de la soirée, je la reconduisis à son studio qui, dans mon esprit, était presque le nôtre. Dans la voiture, elle se justifia par ces mots :

– Tu sais, mes parents sont un peu vieux jeu.

Ils n'arrêtaient pas de chercher à savoir si j'avais des projets avec un garçon. Maintenant, ils me foutront la paix; et puis ça ne t'engage à rien!

– Pourquoi ne m'avais-tu pas averti?

– Parce que tu ne serais pas venu...

– Et la bague?

– Je l'ai achetée à crédit. Si un jour tu veux me l'offrir, tu pourras toujours solder le crédit...

Je laissai Fanfan devant son domicile, fis bien attention d'embrasser ses joues et retournai dans ma chambre d'hôtel en évitant la réception. La note était à présent pharamineuse, mais mon angoisse se trouvait diminuée par l'irréalité de la somme. Devoir six mille francs m'avait angoissé. Quarante-cinq mille francs ne compliquaient plus mon existence. J'avais atteint ce stade où l'on renonce à l'inquiétude pour entrer dans l'espérance d'un miracle.

De ma chambre, je la vis coiffer ses cheveux, se couler dans son lit et ouvrir le tome I des *Mémoires d'outre-tombe* de Chateaubriand qu'elle venait de se procurer. Je me couchai également et saisis mon exemplaire. Je souhaitais que ce livre nous plongeât dans des sensations communes.

Quelques pages plus tard, j'eus la révélation de la stupidité de ma conduite. A cent mètres de moi se prélassait ma Fanfan qui n'attendait qu'un signe de ma part pour se livrer, et je m'obligeais à dormir seul en un lieu qui jour après jour aggravait ma ruine. Je me levai prestement, enfilai en toute hâte une paire de pantalons, une chemise et des mocassins, puis courus jusqu'à la porte de son immeuble.

Elle était fermée par un digicode obtus dont j'ignorais la clef numérique. Je maugréai contre cette manie parisienne d'équiper l'entrée des immeubles de ces appareils qui ne défendent l'accès qu'aux amis et amants désireux de surprendre leur belle.

Comme tout bon cambrioleur, je décidai d'attendre que quelqu'un voulût bien entrer ou sortir pour me glisser par la porte entrouverte. Mais je n'étais vêtu que d'une fine chemise et un vent d'automne me mit bientôt à la torture. Il était minuit moins dix; personne ne venait. Seuls mes doutes affluèrent en grand nombre. Avec fermeté, je les congédiai. Cependant, le froid me gagnant, je finis par convenir que je n'avais pas annulé mon mariage avec Laure pour m'engager aussi promptement. Une brève virée dans mes souvenirs ne me permit pas de trouver un seul ménage de quinquagénaires qui fût encore impatient de s'embrasser. La plupart avaient divorcé et les rescapés faisaient honte à l'amour. Le cas de Monsieur Ti et de Maude était à part. Ils mourraient avant que leur flamme s'éteigne.

Je battis en retraite, conscient de n'être guère plus doué que mes contemporains pour la passion conjugale. Mon échec avec Laure en témoignait. Je ne pouvais me résoudre à courir à nouveau le risque du couple. Fanfan n'était pas une étape mais bien la femme de ma vie. A cause de cela, je n'en avais pas le droit.

Cette nuit-là, en m'endormant, j'ignorais que la direction de l'hôtel exigerait le paiement de ma note le lendemain matin.

En réglant la facture qu'on me présenta à la réception de l'hôtel, je calculai qu'il s'écoulerait encore au moins quarante-huit heures avant que mon chèque soit endossé.

Il me restait donc deux jours pour renflouer mon compte. Au-delà, ma banque saisirait très certainement la voiture de mon père.

Je téléphonai à Titanic et le priai de m'emmener dans un tripot clandestin. Il m'entraîna le soir même dans un « clandé » où il était connu sous le nom de M. Anatole.

La salle était infestée de gens humides de sueur. Même les non-fumeurs fumaient. J'ignorais tout des jeux qui faisaient briller les yeux des gars qui avaient échoué dans cet entresol. Des cartes s'échangeaient, des sourires sans gaieté aussi. On venait d'Alger, de la misère et d'ailleurs. Pourtant, l'argent abondait sur les tables.

Dans un miroir, j'aperçus ma silhouette au milieu de cette faune. Ma présence dans cet endroit m'étonna. Étais-je bien celui qui, quelques

169

mois auparavant, rêvait encore d'une vie rangée ?
Laure aurait été surprise de me voir là.

Dans ma poche, trois mille francs résumaient
mes espoirs. Un instant, je fus tenté de fuir. Un
jeune homme frêle venait de risquer son dernier
billet. Le sort l'avait vaincu. Son regard soudain
éteint me fit tressaillir, mais je demeurai aux côtés
de Titanic. Je ne pouvais plus m'offrir le luxe de
reculer.

Titanic m'expliqua que la boule était sa peur
favorite. Sans l'écouter, je posai instinctivement
mes trois mille francs au milieu du tapis et fermai
les yeux.

— Tu as gagné, me dit Titanic avec tristesse.

Lorsque je rouvris les paupières, mes trois mille
francs étaient devenus soixante mille. Je les four-
rai dans mes poches en toute hâte, et, sans chercher à comprendre ce qui s'était passé, chuchotai à
Titanic :

— Vite, vite, partons...

J'avais récolté de quoi combler l'abîme que
quinze jours d'hôtel avaient creusé dans mes
finances.

Mais Titanic refusa de quitter les lieux, arguant
que nous arrivions à peine. Il ne tolérait pas la
chance et se raidissait contre le bonheur.

Qu'advint-il ensuite ? Je ne le sus jamais. Je perdis tout mon gain et aggravai le solde de mon
compte en banque de vingt mille francs.

Trois jours plus tard, la voiture de mon père fut
saisie. J'habitais toujours à l'hôtel. La direction ne

se doutait pas de ma débâcle. Mon chèque avait été honoré. Dans mon désarroi, je ne trouvais de consolation qu'en observant de loin ma Fanfan. L'aimer était à présent toute ma vie. La nuit, je me levais plusieurs fois pour aller contempler sa fenêtre. L'obscurité me la cachait mais j'avais le sentiment de veiller ainsi sur son sommeil.

Inquiet, je me rendis le vendredi à dix-huit heures chez mon père. Il m'attendait afin de récupérer son automobile. Je sonnai à sa porte. Il vint m'ouvrir, téléphone en main et vêtu d'un peignoir mité.

Je pénétrai dans son bureau et m'assis, tandis qu'il poursuivait ses vociférations téléphoniques. Il était question du fisc, des femmes, du cinéma, bref de tout ce qui ruine, et il promit une mort prochaine à son interlocuteur s'il ne s'administrait pas illico les lavements qu'il lui conseillait.

— Alors, ça va Sandro? me lança-t-il en raccrochant.

— Papa, la banque a saisi ta voiture.

— Ma voiture?

— Oui, je l'avais mise en gage.

— Ma voiture! Tu as perdu la tête?

— Oui, je suis amoureux de la femme de ma vie.

Cette réplique arrêta net son élan. Je lui révélai alors ma rencontre avec Fanfan, mon coup de foudre qui avait dynamité ma raison et la solution que j'avais imaginée pour que notre amour ne tournât jamais à cette somnolence dont se contentent la plupart des ménages; puis j'en vins à mon désir de former un couple avec Fanfan sans qu'elle le sût et, tout naturellement, à cet hôtel coûteux qui abritait le voyeur passionné que j'étais devenu.

— Voilà, je t'ai tout dit.

Il soupira et lâcha avec gravité :

— Je vais pisser.

Son habitude était de réfléchir en vidant sa vessie. Je marchai pendant cinq minutes de long en large et en rond dans le salon, ruminant ma crainte de sa réaction.

La porte des toilettes s'ouvrit enfin. Mon père s'avança et me plaqua brusquement contre lui en se laissant gagner par l'émotion.

Par allusions, il me fit comprendre qu'il m'avait toujours cru sans folie, conformiste et soucieux d'éviter les flammes de l'absolu. Que j'eusse voulu épouser Laure l'avait attristé. Mais mon nouveau dessein lui montrait que j'étais un authentique Crusoé, comme lui.

Il n'était plus question de sa voiture.

Mon père avait retrouvé l'un de ses fils.

— Allez viens, je t'emmène chez Mado. On va fêter ça.

— C'est qui, Mado ?

— Une tenancière, une vraie. Il faut que tu la connaisses. C'est important.

Attrapant ses clefs, il me poussa vers la porte.

— Papa, je n'ai pas envie d'aller dans un claque. Je suis peut-être un Crusoé, mais mes chemins ne sont pas les tiens.

172

– Alexandre, on n'y va pas pour faire l'amour! On y va pour que tu rencontres Mado.

Il me saisit par la manche et m'entraîna.

Le taxi s'arrêta rue de Naples, devant un immeuble bourgeois qui avait grand air. Je réglai la course avec mes derniers cinquante francs. Papa avait oublié son portefeuille.

– C'est là que ça se passe, me murmura-t-il.

– Quoi?

– Tu verras.

– On va payer comment? Je n'ai plus de fric.

– Chez elle, mon chéri, on paie en copies, en chapitres! Son tiroir-caisse est rempli de romans. C'est un bordel littéraire!

– Un bordel littéraire? repris-je, effaré.

– Les clients sont tous écrivains. On y va quand on est perdu dans son livre. Mado le lit, t'engueule et te fait vomir ton sujet; puis tu vas baiser l'une de ses pensionnaires pour te requinquer.

– Mais je ne veux pas écrire! m'écriai-je, affolé.

– Arrête de gueuler, viens.

Nous pénétrâmes sous la porte cochère.

– Mais... pourquoi fait-elle ça, Mado?

– Elle est tenancière et agent. Elle refile ensuite les manuscrits à un éditeur et taxe dix pour cent de ce que touchent ses auteurs. C'est comme ça que son boxon tourne.

Au troisième étage, mon père sonna. La porte s'ouvrit. Mado apparut, vêtue d'une robe-sac noire. Elle devait peser cent kilos. Son regard de dinosaure extraordinairement sensible et intelligent me fit peur. Tout de suite, je sentis qu'avec elle je ne pourrais pas tricher.

— Oh, oh, chéri! lança-t-elle à mon père en l'embrassant.

— Alexandre, l'un de mes fils, dit-il.

Paniqué, je reculai et dévalai les escaliers.

— Reviens, tu es fait pour écrire! me cria papa.

— Bah! Laisse-le tranquille. Il connaît l'adresse maintenant, lui répondit Mado.

Dans la rue, je me promis à nouveau de ne jamais toucher à un stylo et d'éviter les pages blanches.

De ma chambre d'hôtel, j'avais remarqué que le studio contigu à celui de Fanfan n'était plus occupé. Je me renseignai auprès de sa concierge qui m'apprit que le propriétaire souhaitait le louer. Son annonce devait passer dans la presse le lendemain.

Papa se montra ravi de me donner sa caution. Mon aventure le bouleversait, disait-il avec une apparente sincérité. Je signai le contrat de location et emménageai le soir même. Mon intention était de remplacer par un miroir sans tain la glace fixée sur le mur de Fanfan qui séparait nos deux studios. J'aurais ainsi l'illusion de vivre en sa compagnie, sans qu'elle pût se douter que je la voyais.

Ce projet enchanta mon père. Il se rendit chez moi pour étudier les lieux avec un décorateur de cinéma qu'il connaissait de longue date. Le visage de Pierre Volux disparaissait sous la barbe et son corps sous la graisse. Il travaillait avec vélocité et faisait souvent d'excellentes suggestions.

175

Papa lui expliqua la situation. Volux écouta, les yeux grands ouverts, grogna et conclut :

— Vous êtes cinglés, mais vous ne l'êtes pas assez. Pour que le petit ait vraiment la sensation de vivre avec cette fille, il faut que je transforme ce studio en réplique de celui d'à côté, qu'il y ait une unité ; et puis il faudrait aménager une trappe dans le système d'aération afin qu'il entende ce qu'elle dit ou la musique qu'elle écoute.

J'acquiesçai, papa aussi. Volux ajouta en riant qu'il ne désirait être payé que lorsque le film tiré de cette idée sortirait sur les écrans. Mon père eut alors du mal à dissimuler la gêne qui parut sur son visage.

Volux nous salua et s'en alla.

— Qu'est-ce que c'est que cette histoire de film ? demandai-je à papa.

Il m'avoua alors que, depuis qu'il était au courant de mon aventure, il ne cessait de songer à l'adapter pour le cinéma. Je compris soudain son empressement à se porter garant du paiement de mes loyers. Je protestai. Il n'avait pas le droit de me voler ma vie.

— Et toi, avais-tu le droit de mettre ma voiture en gage ? rétorqua-t-il. Elle m'a coûté cent cinquante mille francs. Et avec quel argent veux-tu que je paie ces travaux ? Merde, redescends sur terre.

Contre ce morceau de ma jeunesse, il me proposa d'oublier son automobile, de régler la facture des travaux, de prendre le loyer à sa charge pendant un an et, durant ce laps de temps, de me verser deux mille francs par mois pour que je puisse cultiver ma passion en toute quiétude. Il évaluait donc à douze mois le temps nécessaire au développement de cette intrigue. Jamais, jusqu'à cet instant, je n'avais compris la véritable nature des auteurs. Ils ne sont plus ni père, ni mari, ni mère, ni frère, ni sœur, ni fils ou fille : ils sont, hélas, ÉCRIVAINS.

Dos au mur, j'acceptai de lui céder ces quelques mois de ma biographie, en posant toutefois une condition. Tant que je n'aurais pas clarifié ma situation vis-à-vis de Fanfan, je refusais que le film soit tourné et interdisais à mon père de me révéler ou de me souffler la fin de ce qui demeurait mon histoire. Je ne voulais pas que le dénouement me fût suggéré.

L'écrivain accepta ce pacte. Nous nous serrâmes la main. Je me sentis alors devenir un personnage de fiction.

Nous attendîmes ensuite une absence prolongée de Fanfan pour casser une partie de notre mur mitoyen, poser la glace sans tain et redécorer mon studio. En rentrant chez moi, je me coulais discrètement dans la cage d'escalier. Je craignais de rencontrer Fanfan.

Peu après, elle dut partir huit jours pour un repérage en Italie. Je lui proposai de passer arroser ses plantes vertes pendant le week-end. Elle me confia ses clefs.

L'équipe de Volux exécuta les travaux avec

célérité, en quarante-huit heures. Les décorateurs de cinéma sont habitués aux délais qui n'en sont pas.

Le résultat était conforme au propos de Volux. Il avait même eu l'idée d'inverser la disposition de mon studio par rapport à celui de Fanfan, comme si nous avions vraiment vécu chacun de l'autre côté d'un miroir. Les affaires de Fanfan avaient été remises dans la position où elles avaient été trouvées. Volux avait tout photograhié avant de déranger l'ordonnance de la pièce.

Vues de chez moi, nos deux chambres semblaient ne former qu'un seul appartement. J'attendais le retour de celle avec qui je devais le partager.

Fanfan revint un jeudi soir.

Elle entra dans son studio, jeta un coup d'œil sur son répondeur-enregistreur et écouta les messages. Je respirai. Elle n'avait rien remarqué d'anormal. Puis elle ôta sa jupe. Vêtue d'un simple collant et d'un chemisier, elle prépara son dîner et sortit un plateau. De mon côté, je dressai également mon couvert sur un plateau. Je n'avais pas faim mais il me plaisait d'agir comme si j'avais été son reflet dans le miroir. Je me donnais ainsi le sentiment d'être sa moitié.

Fanfan acheva de se déshabiller et enfila une grande chemise. Sa nudité un instant aperçue m'émut. Certes, il devait exister de plus ravissants corps de fille, mais le sien avait l'attrait de ce qui est interdit et qui pourrait ne pas l'être.

Lorsque son repas fut prêt, elle porta son plateau jusqu'à son lit, se glissa dans les draps et alluma la télévision. Je saisis mon plateau vide et m'allongeai sur mon lit, à deux mètres du sien. Je n'avais faim que d'elle.

Nous regardâmes presque côte à côte un film des années quarante. J'avais ouvert la trappe d'aération pour entendre le son et fixais l'image de son téléviseur. Je découvrais l'immense plaisir de partager l'existence d'une femme. Il me semblait avoir trouvé la bonne formule.

Je satisfaisais mon besoin de vivre avec elle sans user les liens qui nous unissaient. Aucun tracas ménager ne troublait notre idylle. Nous n'avions pas à supporter nos différences. Nous nous délassions sans ressentir de gêne vis-à-vis de l'autre. J'étais libéré de la culpabilité que j'éprouvais à l'époque lorsque je retrouvais une amante en fin de journée et que je n'avais pas le cœur de l'écouter parce que j'étais fatigué ou préoccupé. J'avais alors le sentiment d'être indigne de mon amour. Ce soir-là, tout avait changé de sens. Regarder la télévision ne signifiait pas que nous n'avions rien à nous dire. Au contraire, l'impossibilité de nous parler me donnait envie de discuter avec elle jusqu'à l'aube. Intouchable, Fanfan était presque plus désirable. Ce quotidien sans le quotidien me grisait. J'avais la sensation que notre passion pourrait ainsi se perpétuer jusqu'à notre mort.

La situation était certes bizarre, mais l'héritier des Crusoé que j'étais exultait. Enfin je menais une existence qui correspondait à ma folie. Enfin je modifiais la réalité que je détestais.

Peu à peu, j'oubliais presque la vitre qui nous séparait. Une coupure publicitaire interrompit le cours du film. Je refermai la trappe d'aération et m'adressai à Fanfan :

– Tu vois, je voudrais que notre histoire soit aussi parfaite que ce film, qu'on sorte de bons mots dix fois par jour, qu'on n'aille jamais aux chiottes, que tu sois toujours vêtue comme une reine, maquillée sublimement du matin jusqu'au soir, bien éclairée en permanence et que nos engueulades mêmes aient du style. Je t'adore trop pour vivre notre amour. Tu as raison d'aimer le cinéma. Le montage, ça sauve tout. Un coup de ciseaux et les longueurs sautent, hop! On ne garde que le meilleur. Et puis il y a la musique. Mais dans la vraie vie... Je te parie qu'à la fin du film, Bogart va embrasser Katharine Hepburn. Eh bien, nous ne commettrons jamais cette sottise. Nous ne sommes peut-être pas des personnages de cinéma mais nous deux on n'aura que le meilleur. Je te le jure. Les baisers, il faut les rêver, les attendre... Tu sais bien que j'ai raison. Regarde autour de toi. Les couples n'arrêtent pas de se raconter l'époque où ils espéraient encore que l'autre répondrait à son amour... Eh bien, moi, je ne veux pas que l'enchantement passe.

Lorsque le film s'acheva, Fanfan éteignit la lumière et la télévision. L'obscurité nous séparait. Pour faire revenir le miracle de sa présence, je l'appelai au téléphone. Elle ralluma sa lampe de chevet et décrocha. Mon ange venait de réapparaître.

– Allô ? C'est moi, Alexandre. Je te dérange ?
– Non, non...
– Tu n'étais pas en train de t'endormir ?

– Non... je lisais.

Je lui proposai de m'accompagner le lendemain à Ker Emma, pour le week-end. Elle accepta. J'avais soif de prolonger cette existence quasi conjugale par de longs débats. Elle me provoquerait en bousculant mes craintes. Je raffolais de l'audace intellectuelle de cette fille de la digue. Je me sentais devant elle comme obligé d'avoir de l'esprit. Dressée par son grand-père d'adoption, elle ne tolérait pas qu'on se permît de penser sans rigueur. Réussir à capter son attention me donnait l'illusion d'être intelligent.

Après avoir raccroché, je doutai soudain du sens de la vie que nous menions chacun de notre côté du miroir. N'étais-je pas en train de perdre contact avec le monde sensible ? Mais j'évacuai bien vite cette interrogation gênante et m'apprêtai à dormir.

Je n'avais jusque-là jamais imaginé que Fanfan pût m'échapper. La frustrer me semblait le plus sûr moyen de la garder. Dieu que j'étais bête !

Je retrouvai Fanfan à la gare Saint-Lazare, au bout d'un quai. Trois heures de tête à tête ambigu nous séparaient encore de Ker Emma. J'avais préparé pour le voyage des phrases destinées à la troubler sans toutefois lui ouvrir trop d'espoirs. Mais je les ravalai lorsqu'elle m'annonça :

– Je t'ai fait une surprise. J'ai dit à Jacques de venir.

– Qui est-ce ?

– Il m'a semblé normal que mon grand frère connaisse mon ami, non ?

– Ton ami ? répétai-je.

– Oui... mon ami. Il est comédien. Il travaille sur le film de Gabilan. Je suis sûre qu'il te plaira.

Dans le fleuve des passagers, une tête surnageait. L'homme esquissa un signe et appela Fanfan. Elle se retourna. Ils s'embrassèrent, trop longtemps pour ne pas piquer ma jalousie.

– Bonjour, fit Jacques d'une voix chaude.

– Alexandre, mon grand frère, dit Fanfan.

– Bonjour, grommelai-je en me forçant à sourire.

Cette grande carcasse était d'une beauté écrasante, presque intimidante, mais il paraissait ignorer son éclat. Sa simplicité empreinte de douceur me toucha tout de suite. Ma haine pour lui fut donc immédiate et totale.

Dans le train, plus il me charmait, plus mon fiel augmentait. Je ne voyais pas comment lutter contre ce type de trente ans qui était comme un appel d'air. On se sentait obligé de l'aimer. Il s'exprimait dans une langue singulière qui lui appartenait. Pour lui, les gamins étaient des « garennes », un costume élégant un « habit de lumière » et un chat un « greffier ». Il parla de son enfance de pupille de la nation et des oiseaux qu'il avait élevés clandestinement dans les dortoirs de l'Assistance publique. Fanfan était émue et heureuse de l'écouter.

Elle avait dit « mon ami » en laissant planer un mystère sur leurs relations. Si j'avais été certain qu'il était l'homme qui lui faisait l'amour j'aurais souffert, mais j'aurais pu me rebiffer et tenter une manœuvre. Le doute m'obsédait.

Maude vint nous chercher à la gare avec sa Jeep. Elle avait une passion pour ce véhicule qui lui permettait de s'aventurer hors des chemins déjà tracés.

Nous déjeunâmes sans Monsieur Ti. Il était enfermé depuis l'aube dans son phare avec des paquets de biscuits et voulait ne pas être dérangé.

Maude en profita pour nous rapporter une aventure qui lui était arrivée récemment. Elle savait que le vieux Ti n'aurait pas aimé l'entendre. Il se serait cru inapte à la faire suffisamment rêver.

Maude s'était rendue seule à Caen pour acheter des robes. Elle marchait dans la rue quand elle avait remarqué une très jolie blonde qui devait avoir dix-huit ans. Peu après, elle s'était aperçue qu'un jeune homme avenant suivait la fille. Intriguée, elle avait filé le jeune homme pour connaître le dénouement de cette histoire. Elle désirait savoir si l'amour en sortirait vainqueur. Malgré ses quatre-vingt-sept ans, elle avait ainsi trotté pendant presque une heure, jusqu'à ce que le garçon qui n'était guère entreprenant priât un agent de police de le débarrasser de la « vieille » qui le « collait ».

— De quoi a-t-il eu peur ? Je ne l'aurais tout de même pas violé ! dit-elle en riant.

Après le repas, nous passâmes prendre Monsieur Ti en Jeep au pied de son phare. Il salua tout le monde d'un geste papal, monta à bord, mit sa casquette, et nous filâmes vers la plage en direction du grand large. La marée était au plus bas. L'Atlantique semblait être parti pour de bon, derrière l'horizon.

Maude connaissait les fonds de la baie de Ker Emma, les zones de sables mouvants et les vallées sous-marines que l'océan recouvrait à la vitesse d'un cheval au galop lorsqu'il revenait. Nous avions l'impression de rouler sous la mer, au milieu des rochers et des algues géantes.

Ti et Maude faisaient souvent cette randonnée pour aller pêcher le crabe et la crevette. Nous nous arrêtâmes une demi-heure plus tard, près d'une épave ensevelie sous des goémons et des coquillages. Cette dépouille de navire reposait devant l'entrée d'une grotte obscure que les flots devaient envahir à marée haute. Monsieur Ti et Maude y pénétrèrent avec une lampe de poche. Maude prétendait dénicher là les plus gros crabes.

Fanfan, Jacques et moi commençâmes à traquer les crevettes en nous aventurant dans les dunes humides. Devant et derrière nous, on n'apercevait plus ni la terre ni la mer. Ce Sahara maritime était jonché de varechs et parsemé de rochers déchiquetés. Nous devions rejoindre la voiture à dix-huit heures, quarante-cinq minutes avant le retour de l'océan.

Mon seau était à moitié rempli de crustacés quand je pris conscience que Jacques et Fanfan avaient disparu. Aiguillonné par la jalousie, je partis à leur recherche et m'éloignai de la Jeep sans remarquer que le sable mouillé effaçait les traces de mes pas.

– Fanfan! criai-je, mais ma voix était emportée par le vent.

J'arrivai devant un lac d'eau de mer et compris soudain que je m'étais égaré. L'anxiété commença à me gagner. A quelques mètres de moi, un poulpe géant évoluait lentement. Je reculai d'effroi. Prisonnier de cet inquiétant désert salé et de mon angoisse, je ne savais où aller. J'eus alors peur de mourir sans avoir fait un enfant à Fanfan.

Affolé, je m'élançai dans ce que je pensais être la bonne direction. Je croyais par instants reconnaître des endroits mais me perdais plus encore. Ces sites sous-marins se ressemblaient tous. Quand il fut dix-huit heures, je me vis noyé, dévoré par les crabes qui fouilleraient mes chairs ou par cette pieuvre sombre qui m'avait terrifié. Dieu que j'avais été stupide d'ajourner constamment ma déclaration d'amour. Je regrettais de n'avoir pas connu au moins une nuit de sauvage abandon avec Fanfan et me jurai de l'embrasser le soir même si la Providence me tirait de ce piège; mais ce serment me parut dérisoire. Mes appels étaient emportés par le vent.

A dix-huit heures trente, je sus que j'étais foutu. Ils avaient dû regagner la côte. Effaré de m'être ainsi condamné, je m'assis sur un rocher et me préparai au trépas, tandis que des mouettes vautouraient au-dessus de ma tête. Il était impossible de nager longtemps dans les courants d'eau froide qui me submergeraient bientôt. Le mois de mai débutait. Ma seule consolation fut de songer que je demeurerais pour Fanfan l'Homme Désiré. D'une certaine façon, j'étais parvenu à mes fins : perpétuer entre nous la grâce des préludes jusqu'à ce que mort s'ensuive. Les ténèbres me sauveraient de la tentation.

Mais je me sentis tout à coup révolté de disparaître au moment où un danger mortel m'ouvrait les yeux. J'avais enfin saisi qu'il était urgent de vivre ses aspirations. Si je périssais, en quoi cette leçon me serait-elle profitable?

Je fus interrompu dans mes réflexions par un grondement sourd qui me glaça d'horreur. L'océan arrivait. J'entendis alors le moteur de la Jeep. Fanfan me cherchait donc encore.

– Je suis là! hurlai-je en me redressant.

A l'autre bout de la petite vallée dans laquelle je me tenais, une houle se leva soudain. Elle était glauque, roulait sur le sol et s'enflait en s'approchant de moi. Je me repliai prestement, parvins au sommet d'une colline. La vague atteignit les premiers rochers, s'y cassa en partie, passa outre et se jeta sur une digue naturelle. Tout s'effaça dans l'écume. De ce paquet de mer ne restait qu'une bave démesurée. Le bruit du moteur de la voiture s'éloigna. Autour de moi, des courants de marée continuaient d'envahir les plaines de sable. La peur me tétanisait. J'avais vingt ans et ne voulais pas quitter la vie.

Au loin, un nouvel assaut des flots s'annonçait, plus puissant. Je m'engageai en toute hâte dans un autre vallon et me trouvai tout à coup face à une déferlante qui venait à ma rencontre dans un bouillonnement épouvantable. Je bifurquai, dus nager quelques mètres dans cette eau qui m'engourdissait et gagnai enfin le sable. Deux traces des roues de la Jeep étaient en train de s'estomper. Elle venait juste de passer.

– Fanfan! Fanfan! criai-je à nouveau.

Derrière moi, la marée était grossie par la tempête que l'on devinait au large. Je courus, courus, en direction de la côte, sans être bien sûr que je ne

188

me précipitais pas vers une cuvette. Le rivage était encore trop lointain pour être visible. Pressé par les rouleaux qui, en mourant, me léchaient les pieds, j'allais droit devant moi et craignais à chaque seconde de m'enliser dans des sables mouvants.

Ce fut le vieux Ti qui m'aperçut. Fanfan conduisait la voiture. Elle avait insisté plus qu'il n'était raisonnable pour poursuivre les recherches. Je m'effondrai dans la Jeep, asphyxié par ma course, et me mis à pleurer.

Tandis que mes larmes coulaient, je songeais que j'avais fait le serment d'embrasser Fanfan le soir même si la Providence me tirait de ce mauvais pas.

A l'hôtel, Maude m'obligea à me coucher tôt; puis elle installa Jacques et Fanfan dans la chambre qui jouxtait la mienne, comme si sa petite-fille l'avait informée que Jacques était son amant en titre. Tout était soudain clair.

Les voir disparaître ensemble pour la nuit me crucifia. Il était à présent trop tard pour me déclarer. Je me fustigeais d'avoir été assez idiot pour me laisser prendre Fanfan. Elle avait dû se lasser de mes temporisations et de ses vaines souffrances.

Toute la soirée il me fallut supporter les gémissements de Fanfan. La cloison mitoyenne n'était guère épaisse et, apparemment, elle faisait partie de ces filles qui ont le coït bruyant. L'entendre forniquer avec Jacques m'affligeait plus que la marée montante ne m'avait effrayé. Je regrettais presque que le destin m'eût sauvé des eaux pour me soumettre à une telle épreuve. Je pleurais de rage.

Le lendemain, Fanfan se montra charmante avec moi et Jacques plus encore. Je détestais leur gentillesse et leurs regards complices. Nous partîmes marcher sur les falaises. Ils se tinrent par la main ou par la taille pendant toute la promenade sans avoir égard à ma présence. Jacques parla enfants en termes généraux. Émue, Fanfan répondit qu'elle en désirait quatre. Je raillai alors ces femmes qui ne songent qu'à « lapiner », ces « pondeuses » qui s'enferment dans la maternité. La hargne inspirait chacun de mes mots. Si j'avais pu être le père de ces lardons, je lui en aurais souhaité dix !

Sous le phare de Monsieur Ti, au sommet de la falaise, Fanfan affecta un air détaché et s'adressa à Jacques :

– Dis-lui...

– Non, dis-le toi-même.

– Eh bien, voilà... Jacques et moi on va se marier dans six mois et on voudrait que tu sois l'un de nos témoins. Tu veux bien ?

Devant nous, le vide. Cent mètres plus bas, des rochers. Un instant, j'eus envie de les pousser. Je m'avançai même vers eux, puis reculai d'un pas. Une pensée me traversa l'esprit : si Jacques devenait son époux, la place de l'amant resterait libre ; et l'amant n'est-il pas protégé par le mari de ce quotidien qui me révulsait tant ? Leur mariage m'autoriserait en quelque sorte à posséder Fanfan.

– Oui, répondis-je, le sourire aux lèvres.

Peu après, sur le chemin du retour vers l'hôtel, mes réflexions m'inspirèrent un dégoût absolu. Je retrouvai dans mes calculs les marécages sentimentaux de Verdelot; et dans le même temps, j'eus comme la révélation de la règle du jeu amoureux de mes parents. Il me sembla qu'ils avaient sans cesse essayé d'être la maîtresse et l'amant de l'autre en aimant ailleurs. Ma mère adorait trop mon père pour accepter qu'il fût son mari et elle le passionnait trop pour qu'il se résignât à voir en elle une épouse. Les vrais maris de ma mère furent ses amants. Mon père, lui, ne fut jamais époux, pas même avec ses maîtresses.

Je rejetai violemment ces inversions qui m'avaient tant paniqué pendant mon adolescence et ne savais plus quel rôle tenir dans l'existence de Fanfan.

La nuit du samedi au dimanche, je dus à nouveau subir ses orgasmes incroyablement sonores. Au fond de mon lit, je serrais les dents tandis qu'elle n'en finissait pas de haleter. Jacques n'était pas une demi-truelle.

Je connus au cours de ces heures terribles le désarroi qui rend le suicide concevable. A bout, vers minuit, je tapai du poing contre le mur de leur chambre. Le bruit cessa. Je voulais croire que mes coups avaient décontenancé Jacques et perturbé ses ardeurs.

Nous rentrâmes à Paris le lendemain. Je dînai seul dans un café en bas de « chez nous », désespéré d'avoir fait installer ce miroir sans tain qui m'imposerait chaque soir le spectacle de leurs copulations. Je n'osais aller me coucher, de peur de les surprendre à l'œuvre. J'avais vu Jacques entrer dans notre immeuble. A minuit, le patron du bistrot me pria de quitter les lieux. Il fermait.

Je gravis lentement les escaliers qui menaient à nos studios, ouvris ma porte, m'allongeai sur le lit en me défendant de jeter un œil sur la glace et plongeai le nez dans mon oreiller.

Un curieux dialogue retint alors mon attention. Leurs paroles me parvenaient par la trappe d'aération que j'avais oublié de refermer. Jacques avait l'air ivre.

— Non! cria Fanfan. Maintenant fous le camp!

— Merde! hurla-t-il, pendant deux nuits tu fais semblant de coucher avec moi, tu m'excites en gémissant et je n'ai droit à rien!

— Jacques, tu as encore trop bu. Laisse-moi. Je t'ai demandé un service, c'est tout.

— Alors on ne se marie plus? lança-t-il en riant bêtement.

— Tu as très bien joué la comédie. Je t'en remercie. J'ai eu ce que je voulais. Alexandre est jaloux et pas loin de craquer. Alors maintenant on arrête ce cinéma.

Saisi de bonheur, je relevai la tête et observai la scène qui se déroulait sous mes yeux. Le visage de Jacques était mangé par un affreux rictus et ses yeux paraissaient égarés dans leurs orbites. Il se moqua du personnage doux et prévenant que Fanfan lui avait fait interpréter durant le week-end, gueula que pendant deux jours il n'avait pu ni « baiser » ni se « pinter » et qu'il en avait assez. Sa vulgarité me heurta. L'homme imaginé par Fan-

193

fan, ami des oiseaux et du linge fin, avait peu en commun avec ce comédien veule, ivrogne et mis comme un loubard. Le rival idéal qu'il avait joué était un mirage. Elle avait su voir le charme qui dormait dans cette brute. Je songeai alors que ma Fanfan était un metteur en scène incroyablement doué pour avoir fomenté un stratagème aussi crédible avec un tel individu. Si je n'avais pas eu une ruse d'avance, j'aurais continué d'être mystifié.

Elle ouvrit la porte de son studio.

— Allez, tire-toi! répéta-t-elle avec autorité.

Jacques referma le battant d'un coup de pied.

— Salope! Tu m'as excité, je vais te sauter.

Il attrapa Fanfan, essaya de la basculer sur le lit. Elle le frappa au bas-ventre. Furieux, il la gifla. Elle le mordit. Ils roulèrent sur le plancher.

Je ne savais quelle conduite adopter. Je pouvais intervenir. J'avais conservé la clef de Fanfan; mais comment justifier mon apparition? Jacques retroussa la jupe de Fanfan. Je pris la clef dans le tiroir de mon bureau. Fanfan parvint à se dégager. Il la bouscula contre le miroir. Je vis son visage s'écraser sur la surface vitrée. Elle avait l'air de me regarder.

Sans réfléchir, je bondis sur le palier, ouvris la porte de Fanfan et me jetai sur le grand Jacques qui tentait de se frayer un passage entre ses jambes.

— Qu'est-ce qu'il fait là, lui? marmonna-t-il en se redressant.

Pour toute réponse, je lui assenai un coup de

tête. Son nez se brisa. Du sang coula. Je le saisis par les épaules, le précipitai dans les escaliers et claquai la porte. Fanfan se releva et, sans un mot, se blottit contre moi. Nous tremblions autant l'un que l'autre.

— Ma petite sœur... murmurai-je, je crois que ton mariage est compromis.

— Mais, que fais-tu là ?

— J'ai rêvé qu'un homme essayait de te violer. Ça m'a réveillé et j'ai senti que ce cauchemar était en train de se passer. Alors j'ai couru jusqu'ici, m'entendis-je répondre.

Fanfan me fit comprendre que ces intuitions ne se produisent que lorsqu'un amour véritable unit deux personnes.

— L'amour d'un frère pour une sœur, dis-je en souriant.

Elle prétendit avoir besoin d'être rassurée et voulut que je reste près de son joli corps jusqu'au matin. Mais je partis assez vite.

— Je dois me lever très tôt, demain matin...

Je me craignais trop pour demeurer à ses côtés. Elle me considérait comme si j'avais été un authentique Prince Charmant, tombé du ciel pour la sauver. J'avais grand besoin d'un tel réconfort après le week-end de larmes qu'elle m'avait infligé.

De retour dans mon studio, je la contemplai derrière le miroir sans tain. Elle était bien celle auprès de qui je me sentais vivant. Ce qu'elle avait obtenu de Jacques, l'espace d'un week-end, illustrait sa capacité à révéler les qualités qui sommeillent dans les êtres. Son regard bonifiait les choses et les personnes sur lesquelles il se posait.

J'eus alors une idée pour me rapprocher plus encore d'elle, toujours à son insu, et projetai de la mettre en œuvre dès le lendemain.

A dix-huit heures trente, je me trouvais déjà sous le lit de Fanfan. La poussière m'asphyxiait mais, peu à peu, je parvins à supporter mon inconfort et ma claustrophobie. Vingt centimètres séparaient la moquette du fond du sommier. Pour mon malheur, le chauffage de l'immeuble se faisait par le sol. Je cuisais donc à l'étuvée et mangeais des moutons de laine jusqu'à écœurement, mais j'étais presque heureux de souffrir par amour. Je me sentais un héros pour les yeux de ma belle.

Je désirais coucher avec Fanfan sans la toucher, en demeurant sous elle toute la nuit. Je voulais respirer le parfum de son corps, entendre ses soupirs et jouir de sa présence en lui volant son intimité. Cela me semblait possible puisque Laure avait surpris l'une de ses amies en se dissimulant sous le lit de cette dernière lorsque nous étions encore ensemble.

La sueur perlait sur mon visage et mes poumons se remplissaient avec peine, mais j'étais conscient que cette position me procurerait plus d'émotions que n'en éprouveraient tous les maris d'Europe avec leur femme ce soir-là. Mon attente dura quatre heures, deux cent quarante minutes au cours desquelles mon envie de Fanfan s'accrut dans des proportions hallucinantes.

Ma seule véritable inquiétude vint de ma vessie qui ne cessait de gonfler. De peur de la remplir davantage, je m'interdisais de boire et n'osais pas me rendre aux toilettes. Si Fanfan surgissait au même moment, j'aurais enduré en vain ces heures d'étouffement. Quand la douleur fut incontrôlable, j'eus alors recours à un sac en plastique dans lequel je me soulageai. Deux fois je m'autorisai à avaler une gorgée d'eau pour ne pas m'évanouir. La bouteille d'eau minérale que j'avais prise me tentait en permanence.

Vers vingt-deux heures, je commençai à craindre qu'elle ne rentrât pas chez elle pour la nuit; mais je restai caché, toujours immobile. L'attente infernale que j'avais subie justifiait ma persévérance.

A vingt-deux heures trente, la porte s'ouvrit. Deux voix retentirent et je crus un instant que Fanfan était accompagnée. C'était son autre voisin de palier. Ils se dirent bonsoir. Elle referma la porte. Je soupirai, le plus silencieusement possible.

Fanfan retira ses escarpins et ses chaussettes. Je ne voyais d'elle que ses petits pieds nus et le bas de ses mollets qui me permettaient d'imaginer la finesse de ses jambes. Elle déboutonna son jean, le

198

fit coulisser le long de ses cuisses et, lorsqu'il toucha terre, je remarquai qu'il contenait sa culotte, enlevée dans le même mouvement. Ses mollets nus me bouleversaient plus encore. J'avais la plus grande difficulté à tempérer mon souffle. Mes reins étaient en feu.

Fanfan ôta son chemisier et son soutien-gorge qu'elle lâcha négligemment sur la moquette, se brossa les dents et se coucha. Elle n'éteignit pas sa lampe de chevet, tourna les pages d'un magazine. Au-dessus de ma tête, à travers les ressorts du sommier, je contemplais l'empreinte de son corps qui reposait sur le matelas. Lentement, j'avançai une main entre les ressorts et caressai cette forme du bout des doigts. Je tremblais de convoitise. Si j'avais pu dégager discrètement mon sexe comprimé dans mon pantalon, il aurait très certainement transpercé la toile du matelas.

Au bout de la nuit, je m'endormis, fatigué de concupiscence et conscient d'avoir connu des instants de béatitude qui contrastaient singulièrement avec les plaisirs communs ou chétifs que j'avais ressentis dans les bras d'autres filles.

Le lendemain, je retournai dès dix-sept heures sous le lit de ma Fanfan. Elle arriva vers vingt heures, se dévêtit et se coucha tout de suite. Je me délectais de cette promiscuité retrouvée et détaillais ses sous-vêtements affriolants abandonnés sur le sol. Une seule chose me contrariait : elle avait enfilé une chemise de nuit.

Quelques minutes plus tard, elle parla à haute

voix sans avoir décroché le téléphone. Étonné, je
l'écoutai avec attention :

— Hier soir, dit-elle, j'ai perçu quelque chose de
bizarre dans ce studio, comme une présence. Mais
je n'y ai pas fait attention. Et puis, vers quatre
heures du matin j'ai été réveillée par un ronfle-
ment. Je n'étais donc pas seule.

Elle marqua un temps. J'étais soudain abattu
d'avoir été découvert. Mon dessein s'écroulait.
Fanfan connaissait désormais l'étendue de ma passion. Je ne pourrais plus perpétuer entre nous
cette ambiguïté délicieuse qui donnait du prix à
chacun de nos regards.

— Ce qui serait merveilleux, reprit-elle, ce serait
que tu viennes enfin t'allonger près de moi.

Je décidai alors de jouer mon va-tout.

Je sortis de dessous le lit, la considérai un instant et, toujours muet, m'assis dans un fauteuil.
Elle me paraissait presque moins désirable maintenant que tout était dit ; ou plutôt je n'aimais pas
celui que cette issue me poussait à devenir.

— Te souviens-tu du faux rêve que tu m'as
raconté à Ker Emma ? lui lançai-je. Un garçon te
draguait sans jamais t'avouer ses sentiments et de
cette attente naissait une ferveur extraordinaire.

— Je te demandais de me faire la cour quinze
jours, pas un an.

— Viens.

Je me levai et ouvris la porte.

— Où va-t-on ?

— Juste à côté, sur le même palier.

200

Fanfan fronça les sourcils et me suivit. Nous pénétrâmes dans mon studio. Elle s'arrêta bouche bée devant le miroir sans tain, puis examina ma chambrette avec effarement.

— J'ai vécu ici quelques semaines. Je souhaitais partager ton existence sans que le quotidien abîme l'inclination que nous avons l'un pour l'autre. Comprends-tu à présent quelle adoration j'ai pour toi ?

Je lus dans ses yeux qu'elle venait de saisir comment j'avais pu intervenir au bon moment lorsque Jacques avait essayé de la violer. Puis elle me bascula sur le lit et murmura :

— Maintenant, tout ça c'est fini...

— Non Fanfan, dis-je sans bouger. Je ne t'ai montré mon studio que pour te faire voir à quel point je t'aime, afin que tu réalises ce qui m'empêche d'être ton mari ou ton amant. Si tu n'étais pas la femme de ma vie, j'aurais déjà couché avec toi.

— Alexandre, laisse-toi aller...

— Non Fanfan, je suis décidé à ce que notre amour reste un long prélude, à ce qu'il soit un amour parfait. Je ne veux pas mourir pour qu'il le demeure. Je tiens à vivre la première passion inaltérable et il n'y a pas d'autre solution que l'abstinence.

— Et moi ? lâcha-t-elle, désemparée.

— Toi aussi tu jouis de notre ferveur.

— Tu es fou...

— Si on ne l'est pas par amour, pour quoi le sera-t-on ? Et m'aimerais-tu si je ne l'étais pas ?

Pour clore le débat, Fanfan tenta d'embrasser mes lèvres. Je tournai la tête. Humiliée, elle se releva et sortit sans dire un mot.

La lumière se ralluma dans son studio. Elle s'avança vers le miroir sans tain et retira lentement sa chemise de nuit. Puis elle caressa ses seins. J'étais d'autant plus ému qu'elle me savait troublé. Je m'approchai de la glace; elle aussi, comme si elle avait deviné mes mouvements. J'ôtai ma chemise. Nos corps se touchèrent. J'achevai de me déshabiller. Nous fûmes alors nus l'un contre l'autre. Je brûlais de briser la vitre, mais sentais que cette surface froide était l'obstacle sans lequel une passion ne peut se soutenir. Peu à peu, l'exaspération de nos désirs nous conduisit vers des extases sublimes mais solitaires. Fanfan se mit à pleurer. Dieu qu'elle était belle!

Lui résister serait désormais un supplice.

III

III

Je fus réveillé le lendemain matin par la sonnerie de ma porte d'entrée. J'enfilai un peignoir et ouvris.

— Alors? demanda mon père sans même me dire bonjour.

— Quoi?

— Fanfan! fit-il en refermant la porte derrière lui.

Je ne savais pas quoi lui répondre. J'étais divisé. Il me semblait qu'en rapportant mon histoire à cet écrivain, je lui vendrais une part de ma vie intime mais, dans le même temps, j'étais heureux que mon aventure le passionnât, qu'il me regardât enfin avec les yeux d'un père fier de son fils. Je préparai du café. Il me harcelait de questions. Son intérêt pour ma vie amoureuse était à la mesure de ce qu'il appelait son « manque d'imagination ». Il était surdoué pour réinventer la réalité. Faire surgir un récit du néant ne l'intéressait guère. Seul le reportage inexact le grisait. Je devinai que son scénario devait être en panne.

En dépit du pacte que nous avions conclu, je me sentais incapable de lui dévoiler de vive voix ce qui demeurait encore mon idylle. Aussi lui promis-je de rédiger des notes. Cette offre le contraria. Il voulait des nouvelles fraîches. Mais il dut s'y résoudre.

— Et toi, comment ça va ? lui demandai-je afin de détourner la conversation.

— Mal ou bien, je ne sais pas. Il m'est arrivé quelque chose d'incroyable.

Il me raconta qu'il était devenu récemment l'amant d'une Clara, mariée à un ministre de la République. Qu'un membre du gouvernement fût cocu n'avait rien d'anormal et que mon père eût fait une nouvelle conquête me parut dans l'ordre des choses. Mais il ajouta que l'officiel avait été, dans sa jeunesse, l'amant de sa mère – ma grand-mère – qui l'avait initié à sa science érotique. Lui-même l'avait ensuite enseignée à son épouse. La maîtresse de mon père était donc, via son mari, dépositaire de la virtuosité érotique de ma grand-mère paternelle.

— Et tu sais ce que j'ai dit à Clara quand elle m'a expliqué tout ça ?

— Non, répondis-je, horriblement gêné.

— « Fais-moi la même chose. » Et elle m'a fait ce que ma mère avait fait à son mari !

Cette révélation charmante me glaça d'effroi. Mon père avait relaté cette anecdote en esthète, sans se rendre compte qu'il avait franchi avec cette femme les barrières au-delà desquelles on met son âme en danger. A nouveau, il n'était plus ni fils ni père, mais ÉCRIVAIN, profession abjecte pratiquée par des vampires qui, trop souvent, s'égarent en réclamant à la vie plus qu'elle ne doit donner.

– Elle m'a fait la même chose... reprit-il en jubilant.

La folie de l'écrivain m'épouvanta. Je me jurai une fois de plus de n'aimer qu'une femme à perpétuité et, pour cela, de ne jamais céder aux avances de Fanfan. L'abstinence était à mes yeux l'unique moyen de désirer toujours la même fille.

Mon père aperçut Fanfan à travers la glace et la contempla, fasciné. Elle s'étira et se leva, vêtue de sa chemise de nuit.

– Ah, elle est belle de partout, s'exclama-t-il.

Fanfan se campa devant le miroir sans tain et me dit bonjour. Papa sursauta.

– Mais... elle nous voit!

– Non.

– Alors elle sait que tu es là! Qu'est-ce qui s'est passé?

– Plus tard, tu liras tout plus tard.

Il exigea des éclaircissements mais je réussis à le pousser vers la porte en alléguant que Fanfan pouvait surgir et qu'il serait grave qu'elle le trouvât là. J'avais surtout besoin de l'éloigner de moi. Sa présence me mettait mal à l'aise. Je le sentais capable de toutes les turpitudes pour obtenir de l'existence des sensations fortes. Ce qu'il appelait « vivre vite » signifiait vivre mal, remettre sa peau en jeu chaque matin, défier continuellement le fisc, aimer violemment, boire dix cafés par jour et fumer suffisamment pour narguer le cancer.

– Tu viens à Verdelot, ce week-end ? Il y aura tout le monde, me lança-t-il sur le palier.

– Non, non... dis-je en refermant la porte.

Verdelot, ce mot avait le pouvoir de m'effrayer. Qu'il y eût « tout le monde » pendant le week-end m'épouvantait plus encore. Combien d'amants et de maîtresses de mes parents ce « tout le monde » contenait-il ? Je ne voulais ni le savoir ni me replonger dans la faune aussi brillante qu'inquiétante de cette maison. La seule idée de retrouver leurs jalousies contenues, leurs extraordinaires jeux de séduction et leurs sourdes rivalités me fatiguait.

Je préférais filer à Ker Emma le soir même. La fête annuelle de la digue aurait lieu le lendemain.

J'arrivai à Ker Emma vers dix-neuf heures, heure locale. Monsieur Ti se trouvait encore dans les bois, occupé à planter des arbres. Il luttait ainsi contre sa vieillesse. Fanfan devait nous rejoindre plus tard, pour le dîner. Le tournage de Gabilan la retenait à Paris.

Je préparai le repas avec Maude et, tout en lavant une salade, l'interrogeai sur son premier mari, le grand-père de Fanfan. Elle posa son couteau-éplucheur et se tut. Je lui demandai pardon de ma curiosité.

– Ne t'excuse pas, j'adore parler de Cho-Cho. Tout le monde l'appelait comme ça. C'était un type... épatant, oui, épatant.

Maude continua à déshabiller une pomme de terre de sa peau. Les épluchures étaient fines. Elle avait connu l'Occupation. Puis elle rompit le silence.

– Le soir, Cho-Cho était croupier au Casino de Deauville et le jour il m'aimait.

A nouveau, elle laissa passer quelques secondes, avant de poursuivre.

— Je vais t'avouer quelque chose que je n'ai jamais révélé à personne : Cho-Cho trichait. Il savait lancer la boule de façon qu'elle s'arrêtât huit fois sur dix sur le numéro qu'il avait choisi. Son adresse était sidérante. Mais il n'en a jamais tiré profit. Il ne trichait que pour des gens qui ne s'en rendaient pas compte.

— A quoi ça lui servait ?

— A contrôler le hasard. Il faisait gagner ou perdre qui il voulait, tous les soirs. Avec lui, les vaniteux ont perdu beaucoup d'argent. Il avait inventé une morale et considérait son métier comme une mission. Tricher pour lui ne l'intéressait pas. L'argent ne l'intéressait pas. Il aimait lancer la boule pour rendre justice et tenir tête à la Providence.

— Quand est-il mort ?

— Il y a huit ans.

— De quoi ?

— Ses mains s'étaient mises à trembler. Il ne maîtrisait plus la boule... son cœur a lâché. Mais je ne suis pas jalouse de la boule. La mort de Cho-Cho m'a permis de rencontrer Ti.

Je l'observais en train de couper les pommes de terre en dés en songeant que Cho-Cho était sans doute un croupier mythomane et que son arrêt cardiaque devait être dû à des excès alimentaires. Maude ne lésinait pas sur le beurre lorsqu'elle cuisinait. Mais je me gardai bien de lui dévoiler mes pensées. Sa version des choses méritait d'être vraie puisqu'elle était belle.

— Les hommes sont stupides de vouloir tout maîtriser, reprit-elle en me fixant avec insistance.

Je ne savais pas si Fanfan lui avait parlé de mon intention de différer toujours notre premier baiser.

— Crois-moi, il faut faire confiance à la vie! conclut-elle en me pinçant la joue.

Fanfan s'était donc confiée à sa grand-mère. Mais Maude eut l'élégance de ne pas pousser au-delà de l'allusion. En terminant de mitonner le repas, je contemplais avec admiration cette femme qui, à quatre-vingt-sept ans, avait encore le cœur de glisser sa main dans le caleçon de Monsieur Ti.

Après le dîner, Fanfan me proposa d'aller prendre un bain de minuit près de la digue. Les premières chaleurs de juin autorisaient cette fantaisie.

— Je ne peux pas. Je n'ai pas de maillot, répondis-je lâchement.

— Moi non plus. Mais qui a dit qu'il fallait un maillot de bain pour se baigner à minuit?

— Je suis fatigué. Je préfère aller me coucher.

— Bon... j'irai seule. Sans maillot... ajouta-t-elle en souriant.

Je montai dans ma chambre, au deuxième étage, m'enfermai à double tour et, pour ne pas changer d'idée, balançai ma clef par la fenêtre. J'appellerais le lendemain pour qu'on m'ouvrît.

Fanfan passa sous ma fenêtre en sifflotant. Prisonnier, je regardai ma sirène s'éloigner vers la mer et disparaître dans la nuit noire. Assez vite, je l'imaginai se dévêtant sur la digue. Je me figurai nos corps se frôlant dans l'eau. Mes reins, toujours eux, me murmuraient que j'avais été sot de jeter ma clef. L'image de ses cuisses s'écartant au contact des miennes m'obsédait. J'avais froid de désir, puis chaud. Mon destin était auprès de Fanfan. Maude avait raison : il faut faire confiance à la vie.

Je tentai d'ouvrir la serrure avec une pince à ongles; mais elle résista. Je n'osais pas enfoncer la porte. Le bruit aurait indisposé ou réveillé les clients de l'hôtel et Maude n'aurait guère apprécié que l'une de ses chambres fût détériorée. J'eus alors l'idée de me conduire en héros de cinéma. Après tout, mon père devait écrire un film tiré de notre aventure. Je nouai mes draps et m'échappai par la fenêtre.

Fanfan ne se trouvait plus sur la digue.
– Fanfan! Fanfan?
Elle ne répondit pas mais je la devinais dans la pénombre. Elle nageait. Le clapotis de ses bras trahissait sa présence. Je me déshabillai et entrai dans l'eau fraîche.
– Fanfan...
– ...
Je posai la main sur son épaule. Elle était glacée. Sensation effroyable. Un instant je crus qu'elle s'était noyée, puis je m'aperçus qu'il s'agissait d'une pièce de bois polie par la mer, dont la forme rappelait des épaules ainsi qu'une tête allongée sur un bras.

Je sortis de l'eau. Mes ardeurs étaient refroidies. Je compris alors que si Fanfan s'était effectivement noyée ce soir-là, je ne l'aurais pas perdue. Notre liaison étrange m'avait habitué à la faire vivre dans mon esprit. J'imaginais qu'il en allait de même pour elle. Les ténèbres ne pouvaient plus nous séparer; à moins que je n'aie la faiblesse de céder un jour aux exigences de mes sens. La chasteté me paraissait le seul antidote à la mort.

Le lendemain matin, Fanfan avait disparu. Personne à l'hôtel du Globe ne savait où elle s'était rendue. Je passai la matinée à espérer son retour. J'avais beau être conscient qu'elle ne s'était éclipsée que pour se faire désirer, je n'avais pas la force de me conduire comme si je ne l'attendais pas.

Tout Ker Emma préparait l'anniversaire de l'achèvement de la digue de Népomucène et Emma Sauvage. Plus de mille de leurs descendants, en incluant les femmes et les époux, s'activaient sur la plage. Les uns apportaient du bois pour les feux, d'autres dressaient des tables. Toutes les cuisines du bourg exhalaient d'exquis fumets. Les enfants et les adolescents ratissaient les allées bordées de chênes ou tondaient les pelouses. Les cousins éloignés se rencontraient, liaient conversation. Certains vivaient au Minnesota ou en Californie, plusieurs dizaines avaient émigré dans le reste de la France ou en Europe et un petit nombre s'était établi en Afrique. Comme chaque année, les branches de cette famille unique redevenaient un seul arbre. Ils étaient là pour se compter et afin que leurs enfants, qui souvent avaient grandi loin de Ker Emma, n'oublient pas qu'ils étaient de ce clan qui ignore ce que le mot « impossible » veut dire. Népomucène et Emma n'avaient-ils pas contenu la poussée de l'océan ?

Je déjeunai avec Maude et Monsieur Ti et leur fis part de mon étonnement que personne à Ker Emma n'affichât sa réussite avec ostentation. La modestie était de mise alors que beaucoup auraient pu parader.

— Nous détestons l'esprit de compétition, me répondit Maude.

— A l'école du village, les enfants ne sont pas notés. On leur indique simplement s'ils progressent ou non, ajouta Monsieur Ti.

— Et s'ils stagnent ?

— On les regarde comme s'ils étaient malades ! déclara Maude en riant.

Bien que je n'eusse pas une goutte du sang de Népomucène dans mes veines, je me sentais de cette tribu. N'avais-je pas, moi aussi, outrepassé mes forces en refoulant continûment mes instincts ? J'étais aussi Sauvage que Crusoé.

Pendant toutes les minutes de l'après-midi, Fanfan demeura absente. Je la savais désormais capable de roueries pour m'obliger à fléchir. Jamais elle n'abdiquerait. Elle était bien une fille de Ker Emma.

Le soir tomba. Sur la plage, autour des brasiers,

les gens de Ker Emma entonnèrent le *Chant de la digue*, hymne comique à la gloire d'Emma et Népomucène qui comporte cent couplets. Dans les dunes, à l'écart, les jeunes amoureux « cousinaient » discrètement. C'était presque une tradition d'ébaucher sa vie sensuelle entre cousins éloignés au cours de cette nuit. Au fil des générations, le verbe « cousiner » avait été forgé et les vieux le prononçaient toujours avec nostalgie.

Mon anxiété croissait. Personne n'avait revu Fanfan depuis qu'elle était allée prendre son bain de minuit. Ni ses parents, ni Maude et Monsieur Ti ne s'en alarmaient. Ils devaient la supposer mêlée à la foule. Je cherchais en vain son visage autour des feux.

Quelque chose me disait que le morceau de bois que j'avais pris d'abord pour elle puis pour son cadavre était un signe annonciateur d'une catastrophe. Plus on riait et dansait autour de moi, plus j'avais l'intuition qu'il lui était arrivé malheur en mer. Je la vis noyée. L'image de cette pièce de bois flottant devant la digue m'obsédait. J'eus alors le regret de ne pas lui avoir baisé les lèvres au moins une fois. S'était-elle supprimée pour me prouver qu'elle ne pouvait vivre sans moi, ou avait-elle eu un accident ? Les bougies qui éclairaient les tables me semblèrent soudain des cierges. Je considérai les décorations florales ainsi que des couronnes mortuaires. Cette immense famille me parut réunie pour un repas d'enterrement. Que j'avais été bête de penser que notre chasteté m'aiderait à mieux supporter son décès; elle me le rendait plus douloureux. Un sentiment d'inachevé aggravait mon désarroi.

J'errais sur la grève quand j'aperçus au bout de la plage une fille qui dansait un flamenco peu orthodoxe, près d'un feu, au milieu d'un cercle. L'assistance était plutôt jeune et masculine. Une guitare l'accompagnait. Je m'approchai. C'était Fanfan, vêtue à l'espagnole et fardée ainsi qu'une putain. Son décolleté cueillait tous les regards. Ses cuisses étaient gainées de bas de soie noirs que retenait un porte-jarretelles en dentelles qu'on entrevoyait lorsqu'elle faisait virevolter sa jupe. Elle me fixa un instant avec froideur. Les flammes se reflétaient sur son visage et lui prêtaient une expression diabolique. Elle recommença à danser en chaloupant sa croupe et en respirant de plus en plus fort, comme si elle simulait un orgasme. Les hommes suivaient les ondulations de ses reins qui scandaient le rythme de la musique. Elle leur souriait, les frôlait, cambrait sa poitrine et s'éloignait d'eux en leur caressant la joue. Ses cheveux étaient dénoués. Elle offrait tantôt sa nuque, tantôt sa gorge. Tous la convoitaient; elle avait l'air de les désirer tous. A nouveau nos yeux se croisèrent. Sa pupille était dure. Je me rendis compte qu'elle ne bluffait pas, que ces hommes lui passeraient ce soir-là sur le corps si je ne me résignais pas à l'embrasser. Elle était à bout et préférait se souiller afin de m'entraîner dans sa souffrance plutôt que de supporter chaque jour d'être dédaignée. Je découvrais à mes dépens jusqu'où la passion peut conduire une femme. Cette journée d'impatience avait donc été préméditée pour me mettre hors d'état de réagir face à cette épreuve.

Fanfan se pencha vers moi en dansant et murmura :

— Tous, ils seront tous à moi ce soir...

Ses lèvres esquissèrent un faux sourire ; puis sur un dernier accord, elle leva les mains en l'air. La guitare se tut. Fanfan se laissa tomber à la renverse dans les bras d'un jeune homme blond. Je me précipitai vers elle.

— Fanfan, viens, dis-je en la tirant par la manche.

— Qui c'est celui-là ? lança-t-elle avec mépris.

— Qu'est-ce que tu lui veux ? demanda le blond en me bousculant.

— Fanfan...

— Je ne le connais pas.

Sans réfléchir, je flanquai un coup de genoux dans le bas-ventre du jeune homme. Il s'affaissa en gémissant. J'empoignai Fanfan par le bras et l'emmenai loin de cet enfer.

Nous nous arrêtâmes près des rochers, essoufflés, dans la pénombre.

— D'accord, lui dis-je. Je serai ton amant. Mais une seule fois dans toute notre vie. Je ne veux pas que l'habitude tue notre passion. Tu comprends ? Je désire pour nous un amour parfait. A présent, choisis la date. Mais il n'y aura qu'une nuit.

– Ce soir, fit-elle avec naturel.

Je demeurai interdit. Comment reculer? Je n'avais avancé cette proposition que pour gagner du temps et mettre fin à sa fuite dans l'abjection.

– Ce sera cette nuit, répéta-t-elle en souriant.

– Tu es bien consciente qu'il n'y en aura pas d'autres?

– Oui.

– Bon... d'accord.

Fanfan me prit par la main. Ce contact me bouleversa. J'allais enfin posséder cette femme à qui j'appartenais déjà en esprit depuis plus d'un an. Nous nous dirigeâmes vers les dunes. Je m'efforçais de fixer dans ma mémoire les senteurs océanes qui nous parvenaient, le vent léger et les mille sensations que j'éprouvais. Timidité, allégresse, inquiétude, trouble, puis un miroir qui se brise, un col franchi, plénitude. Je savais que cette nuit de « cousinage » serait la dernière et voulais ne rien perdre qui pût m'aider, plus tard, à me souvenir.

Fanfan s'allongea sur le sable, face aux étoiles, et me tendit une main. Je la lui réchauffai, embrassai ses phalanges puis retournai ses doigts, baisai sa paume et laissai vagabonder mes lèvres jusqu'au seuil de son intimité : l'intérieur de son poignet. Je poussai plus haut mais elle me retint en chuchotant :

– Non...

– Quoi?

– Ce soir, tu n'auras que ma main.

– Qu'est-ce que c'est que cette histoire? m'exclamai-je, effaré.

219

– Si je me livrais tout entière, cette nuit, tu serais capable de te défendre qu'il y en ait d'autres. Je veux te frustrer pour que tu crèves d'envie de coucher à nouveau avec moi. Ce soir, tu n'auras que ma main et, peut-être, mon bras jusqu'à la hauteur de mon coude.

– Fanfan, tu ne respectes pas notre marché.

– C'est toi qui me l'as imposé. Tu ne voudrais tout de même pas que je m'offre la première fois que tu daignes t'avancer! Maintenant, c'est à toi de souffrir ce que j'ai enduré si longtemps. Tu devras te contenter de ce que je te donnerai, ajouta-t-elle en avançant sa main vers moi.

Instinctivement, je reculai et repoussai la menotte avec laquelle elle voulait m'attacher.

– Non, il n'y aura qu'une nuit ou il n'y aura rien! m'écriai-je en me relevant.

Affolée, Fanfan se redressa et m'attrapa par le pantalon; puis elle me lança comme on jette un défi :

– Alors tu auras tout cette nuit...

Elle avait proféré ces paroles comme si elle était certaine du pouvoir de son érotisme. Son assurance m'inquiétait et me fascinait.

Nous fîmes l'amour à la belle étoile en passant outre à la pudeur, dans la confiance retrouvée et la tendresse, avec abandon et retenue. Fanfan m'étonna jusqu'au petit matin.

Elle me demanda alors :

– Recommenceras-tu ?

– Si ces heures avaient été moins sublimes de

volupté, j'aurais peut-être été tenté de céder à nouveau à tes instances. Mais pourquoi courir le risque de dégrader le souvenir de cette nuit parfaite ?

Fanfan ferma les yeux.

J'avais bien réfléchi. Il ne me restait plus qu'à mourir. Naturellement, j'entendais continuer à jouir de l'existence, mais je devais décéder aux yeux de Fanfan pour que notre passion demeurât à son zénith.

Notre nuit d'amour nous interdisait à jamais de retrouver l'enchantement des préludes; et tout mon être s'insurgeait à l'idée qu'allait s'affaiblir inexorablement l'inclination violente que nous éprouvions l'un pour l'autre. Je voulais pour nous une histoire digne d'inspirer une œuvre de fiction qui eût quelque ampleur. Shakespeare et Musset m'enseignaient que seule la mort donne à la passion sa véritable transcendance. Il me fallait donc trépasser.

J'optai pour la noyade dans l'océan, qui offrait l'avantage de rendre plausible la disparition de mon cadavre. Je n'aurais qu'à prendre la mer à Ker Emma, à bord d'un dériveur, sans gilet de sauvetage et en présence de témoins. A un mille de la côte, j'abandonnerais le bateau après l'avoir fait chavirer, puis rentrerais à la nage. Il me suffirait de déposer des vêtements secs près du phare de Monsieur Ti ou ailleurs et de retourner discrètement à Paris. J'entendais déjà les commentaires lorsqu'on découvrirait le voilier : « Un coup de bôme en pleine tête, c'est si vite arrivé... il a dû être assommé... Ah, il faut toujours mettre un gilet... pauvre môme, il avait vingt ans... »

Il me serait d'autant plus aisé d'entretenir l'illusion de ma mort que Fanfan et moi avions peu de relations communes. Je pouvais mettre Gabilan et mes parents dans la confidence. Ma mère renâclerait très certainement à se prêter à cette comédie qu'elle jugerait cruelle. Mais je saurais lui rappeler qu'elle-même ne ménageait guère ses hommes. Quant à mon père, j'étais sûr que mon idée satisferait ses exigences de scénariste. Gabilan, lui, s'amuserait de mon initiative. Il raffolait des actes singuliers.

Le cas de Maude et de Monsieur Ti était plus délicat. Il m'en coûtait de perdre ces presque grands-parents, dont la pensée me fécondait et dont le mode de vie représentait à mes yeux le bonheur. Mais je ne voyais pas comment il me serait possible de les fréquenter à l'avenir. Si je revenais à Ker Emma, Fanfan en serait tôt ou tard avertie. Je résolus donc, non sans tristesse, de mourir pour eux aussi.

J'avais arrêté ma décision, mais des interrogations vinrent hélas me troubler. N'étais-je pas en train de devenir fou ? Avais-je le droit d'infliger une telle peine à Fanfan ? Mon dessein n'était-il pas égoïste ? Où était l'amour dans ce projet ? Que fuyais-je dans la mort ? Embarrassé, je chassai ces questions en bloc et convins que je ne saurais avoir tort de m'imposer ce que subissent tous les héros romantiques.

Ces réflexions occupaient mon esprit alors que j'étais dans mon studio. Je m'apprêtais à boire du jus de pomme, lorsque Fanfan rentra chez elle. Je posai mon verre.

Elle s'approcha du miroir sans tain et dit :

– Si tu es là, frappe sur la glace. J'ai à te parler. C'est important.

Je tapai deux fois du poing contre la vitre. Elle me tint ce discours :

– Mon amour, je m'en vais aujourd'hui pour l'Italie. Le tournage durera cinq jours à Rome. Je serai de retour vendredi soir et ici vers vingt-deux heures trente. Je t'attendrai un quart d'heure dans ce studio. Si tu ne viens pas m'embrasser et me demander en mariage, tu ne me reverras plus jamais. M'entends-tu ? Plus jamais.

Elle ramassa son sac de voyage, se tourna vers moi et me lança :

– Ciao bambino !

Puis elle sortit.

Son ultimatum me forçait au suicide. Je n'avais plus le choix. Je n'avais pas le droit de la laisser saccager notre passion.

Je partis pour Ker Emma.

En chemin de fer, je songeais à tous les détails
que je devais prévoir pour que mon décès parût
indiscutable à Fanfan. Il fallait que dans le film
qu'écrivait mon père le garçon se noyât pour de
bon à la fin. S'il ne périssait pas, Fanfan pourrait
douter de ma disparition lorsqu'elle le verrait. Je
prierais également papa d'annoncer à Fanfan
qu'aucun service religieux n'aurait lieu et que,
puisque ma dépouille restait introuvable, je
n'aurais pas de sépulture. Cela éviterait à ma mère
d'avoir à feindre de me pleurer lors d'un faux
enterrement; et puis il me semblait excessivement
compliqué de dénicher un prêtre complaisant.
L'absence de tombe rendrait d'ailleurs le deuil de
ma Fanfan plus difficile, tout comme la sortie du
film de papa; ce qui était bien l'objet de ma
manœuvre. Je voulais qu'elle me fît exister éternellement dans son cœur. L'amour empaillé, lui,
ne s'altère pas.

En traversant Ker Emma à pied, j'éprouvai une
étrange sensation. Dans quelques heures, je serais

mort dans ce village. Les gens que je croisais voyaient passer un jeune homme qui vivait ses derniers instants.

Ému, je pénétrai dans l'hôtel du Globe. J'avais l'impression que ce n'était pas moi mais Monsieur Ti et Maude qui étaient sur le point d'expirer. Je m'arrêtai dans le hall. Il n'y avait personne. J'essuyai mes yeux qui commençaient à briller. Plus je prenais conscience que cet endroit me serait à jamais interdit, plus la tristesse me gagnait. Pour la première fois, je remarquai les bouquets qui embellissaient l'entrée. Il y en avait partout. J'avais le sentiment de me réveiller. Attiré par des bruits de bouteilles entrechoquées, je poussai jusqu'au bar. Le vieux Ti était de dos derrière son comptoir, en train de disposer ses alcools pour des clients improbables. La saison n'avait pas encore commencé. Il se retourna. Une larme coula sur mon visage. Monsieur Ti s'en aperçut.

– Bonjour Alexandre, me dit-il.

Je baissai la tête. Je n'avais plus le courage de le quitter pour toujours. Il m'observait et, sans un mot, remplit deux petits verres d'une eau-de-vie qu'il appelait « sa finette »

Je m'appuyai sur le zinc, face à lui, le nez dans mon verre. Il y eut un long silence qu'il ne rompit pas. Ti savait que cette attente m'obligerait à parler avec sincérité.

Je lui appris tout depuis le soir de ma rencontre avec Fanfan. Son mutisme pesant me força à aller jusqu'au bout de mes aveux. Quand je me taisais, il me resservait une finette.

– ... Voilà, c'est pour ça que je suis venu ici faire semblant de me noyer.

Monsieur Ti laissa passer une minute et déclara :

– Il faudra bien un jour que tu quittes l'adolescence.

– L'adolescence ? repris-je, étonné.

– Tu n'es qu'un blanc-bec, un jeune radis qui n'a rien compris. Combien de temps encore te conduiras-tu comme un fils ? Alexandre, il va falloir que tu entres dans l'âge d'homme. Je sais que la maladie du siècle c'est l'adolescence, cet âge dont on ne guérit plus. Oh, tu n'es pas le seul. Vous êtes des millions à vouloir « rester jeunes », à fuir l'engagement, à ressasser votre enfance, à suivre les modes qu'imposent les puceaux, à préférer la passion à l'amour. L'amour, vous en êtes incapables. L'amour véritable, celui qui donne, pas celui des puceaux. Oh, tu me répondras « qu'on y trouve toujours son compte ». Encore une baliverne toxique pour l'âme de ceux qui partagent ce point de vue. Moi, je crois à l'amour pur. Et je prétends que nous sommes faits pour lui. Pas pour la passion. J'ai compris ça il y a peu, à quatre-vingt-quatre ans, dans les bras de Maude. « La passion à perpétuité », c'est une idée d'adolescent. Tu fais dans ton froc parce que tu as peur de t'engager ! Cesse de chercher à t'échapper de la condition humaine avec tes stratagèmes qui défient le bon sens. Aie le courage d'être un homme, que diable ! Conserver en soi l'enfant que l'on a été ne

227

veut pas dire rester un enfant. Tu es comme ces gens qui regardent la télévision en changeant sans arrêt de chaîne pour n'assister qu'aux séquences les plus intenses. C'est une sottise. Les histoires sont faites pour se développer. Crois-moi, la passion chronique est un trompe-l'œil, séduisant mais un trompe-l'œil quand même. Quand tu sales trop un plat, tu tues les goûts les plus subtils. Lorsque tu écoutes la musique trop fort, tu ne perçois qu'une partie des notes. Les grands amants sont des mélomanes de l'amour, des gourmets du sentiment, pas des consommateurs de piments rouges. La passion n'a pas grand-chose à voir avec l'amour. Ton mépris du couple est une attitude de gamin. Tu es aussi infantile que tes parents. Ah, c'est vrai qu'en perpétuant la saison des préludes tu ne courais pas de risque. Tu te protégeais du mal. Mais le mal fait partie de la vie et on mène une existence d'invertébré si on ne l'affronte pas ! L'amour exige le risque de l'échec. C'est le prix à payer. Et la vie de couple est la seule véritable aventure de notre temps. C'est fini le communisme, la lune et l'Amérique. Si tu esquives le mariage, tu rateras ton époque. Pardonne ma véhémence, mais te voir faire l'imbécile me rappelle mes erreurs. Moi aussi j'ai été de ceux qui ne veulent que la passion. Heureusement que j'ai rencontré Maude. Nous étions déjà vieux, mais j'aurais eu au moins avec elle quelques années d'amour. Et puis pense à Fanfan, bon sang ! Et relis *Le Petit Prince* ! On est responsable de ce que l'on aime. Tu n'as pas le droit de démolir ses espérances. Tu as agi avec elle comme un voyou. Il est interdit de jouer avec le cœur d'une femme. C'est trop beau, une femme! Crois-moi, ceux qui ne s'engagent pas ne sont que des figurants, pas des acteurs. Ils font honte à notre espèce. Être homme est un privilège. Il faut en être digne. Épouse Fanfan et apprends un métier, au lieu de remplir le vide de ton existence par de la passion. Qu'as-tu fait jusqu'à présent de tes talents? Tu te gaspilles en initiatives tordues, tu bouffes l'argent de ton père et tu désespères Fanfan. Retiens bien ça : la seule chose importante en ce bas monde est de rendre heureuse une femme. Tout le reste n'est que vanité. Je te défends de feindre de mourir. C'est indigne de toi. Vis ta vie au lieu de fuir dans une fausse mort. Et souviens-toi que le mariage est la grande aventure de notre temps. N'attends pas mon âge pour le comprendre.

Je demeurai abasourdi pendant un moment. Ti but une finette et ajouta avec émotion :

— Je te dis ça parce que...

Je posai ma main sur la sienne, me levai et quittai l'hôtel.

Le vendredi soir, à vingt-deux heures trente, Fanfan entra chez elle, s'allongea sur son lit sans un regard en direction du miroir, et ferma les yeux. Je me tenais derrière la glace.

J'avais attendu cet instant pour arrêter ma décision. Je ne savais plus quoi penser ; alors je cessai de raisonner et me laissai guider par mon instinct.

Je me collai contre la vitre et, soudain, la fis voler en éclats à l'aide d'un tabouret. Nos deux studios se trouvaient réunis. Fanfan ne bougeait pas. Je pénétrai chez nous, m'approchai de son visage et lui baisai les lèvres.

Ma princesse ouvrit les yeux.

– Veux-tu m'épouser ? murmurai-je.

– Oui, me répondit Fanfan.

Le lendemain matin, je me rendis au domicile de mon père. Il m'ouvrit sa porte et m'embrassa. Pour la première fois, je m'aperçus que nous avions la même taille. Dieu qu'il me ressemblait! Dans le miroir de l'entrée, nous étions comme deux frères jumeaux.

Il me fit du café en m'expliquant qu'il avait l'intention d'offrir un bison empaillé à ma mère pour son anniversaire.

— Tu crois que ça lui plaira?

— Papa, je vais écrire mon histoire avec Fanfan. Ton film sera une adaptation de ce roman.

Il se tut, me dévisagea et se mit à pleurer.

— J'ai donc un fils? me dit-il, le regard noyé.

— Il serait temps que tu deviennes un père, mon petit papa...

— Je sais, je sais...

Notre mariage eut lieu en l'église de Verdelot. Nous avions dérogé à la tradition qui exige qu'on célèbre son amour fou sur les terres de la fille. Je voulais que la cérémonie se déroulât là où mes parents se livraient encore bataille.

Les larmes, je pénétrai dans l'église pleine de monde avec ma mère. Adieu mon adolescence, adieu le fils que j'étais. Elle me conduisit à l'autel en passant devant tous ses amants. Pour la première fois, je considérai ces grands enfants comme mes pères. Ma mère m'abandonna sur le seuil du chœur et gagna sa place, près de mon père, celui qui m'a donné son nom. Derrière lui se tenait sa maîtresse. Ils étaient tous là, avec leur enfance qui leur collait au visage. Je les sentais émus, effarés. J'étais leur fils à tous et pourtant déjà un homme. Ils n'en revenaient pas qu'un adulte fût né de leurs amours.

Monsieur Ti et Maude n'avaient pas pu se déplacer. Ils étaient trop vieux pour s'éloigner de Ker Emma. Hermantrude les représentait. Assis à côté d'elle, Titanic lui jetait des coups d'œil lubriques. Elle en était bouleversée. Mado était également là, en prière.

J'entendis des murmures dans mon dos puis un silence. Des pas résonnaient dans la nef. Je me retournai et aperçus Fanfan en blanc, au bras de son père. Pourquoi ai-je pleuré? Elle avançait lentement, épaules nues, auréolée d'un voile. Le présent rejoignait l'éternité. Je vis la vieille dame qu'elle serait un jour venir à moi. Ses rides m'apparurent et elle me sembla presque plus belle. Le regard de mon père croisa le mien. Il me sourit. Il comprenait mon aventure.

Le prêtre entra en scène. Ce mystique sensuel était un ami. Il ne parla que d'amour et fit allusion aux serments écrits que Fanfan et moi avions échangés lors de la préparation religieuse à notre mariage; puis soudain il lut à l'assistance ces déclarations impudiques. Lui seul en avait eu connaissance. Il n'avait pas notre autorisation de les divulguer. Fanfan rougit et me serra la main pour ne pas défaillir. J'étais ivre de bonheur que ce curé eût pris cette initiative cavalière. Il connaissait ma drôle de famille et savait quelle résonance particulière auraient ces textes déclamés dans cette église. En termes lyriques, Fanfan et moi nous étions juré fidélité jusqu'à la mort.

Je lorgnai vers les premiers rangs. Ma mère et mes pères sanglotaient. Notre recherche de l'absolu était bien la même. A mon tour, je les comprenais. La béatitude m'envahit.

– Le salaud, me murmura Fanfan sans soup-
çonner ma joie.

Le prêtre bénit les alliances et s'approcha de
nous.

– Fanfan, veux-tu prendre Alexandre pour
mari ?

– Oui, répondit-elle sur un ton victorieux.

– Alexandre, veux-tu prendre Fanfan pour
femme, pour le meilleur et pour le pire ?

– Oui ! hurlai-je en la soulevant de terre.

Nous eûmes beaucoup d'enfants, je devins écrivain et, contre toute attente, nous fûmes très heureux.

Cet ouvrage a été réalisé sur
Système Cameron
par la SOCIÉTÉ NOUVELLE FIRMIN-DIDOT
Mesnil-sur-l'Estrée
pour le compte des Éditions Flammarion
le 13 février 1990

Imprimé en France
Dépôt légal : mars 1990
N° d'édition : 12481 – N° d'impression : 13772